朧月書版

朧月書版

# 這麼可愛一定是男孩子

作者 吐維　　繪者 Eli Lin 依萊

# 目錄

# Chapter 1

# 第 1 章

特濃加長眼睫毛，OK！

土色玫瑰紅唇膏，OK！

透膚涼感顯腿長黑絲襪，check！

膝上一公分米色百折短裙，沒問題！

格紋小背心馬甲腰帶、韓風短版麻織外套，完美！

方逢源站在自家房門的落地鏡前，挑剔地審視自己全身上下。

他對著自己近乎完美的妝容，對準耳洞、戴上粉水鑽耳環，退開兩步，做最後確認。

「很好。」方逢源自信地點了下頭。

他拎了他的復古格紋款圓筒包，大步出了房門。

經過客廳時，妹妹方逢時正賴在沙發上，她穿著輕便的T恤牛仔褲，手上抓著一包洋芋片，挖著鼻孔正對著方逢源。

「你去工作嗎，哥？」

客廳裡電視放得大聲，上頭播著妹妹最喜歡的演藝新聞。

「身為知名演員、藝人、歌手的全方位男神，『好好先生』艾佛夏，本名艾莫，與女友間的家暴事件，仍持續延燒。」

「有不具名學生時代的友人出面爆料，稱艾佛夏從與前女友交往時，就有暴力傾向，還曾經以不求人塞入疑似出軌的女友陰道，說是『既然這麼癢，就用這個幫妳抓』……」

「對，對方預約到晚上九點，回來應該十點左右了。」

方逢源坐在玄關地上，綁著高筒綁帶長靴揚聲，蓋過了八卦新聞的聲量。

「會過夜嗎？」妹妹問。

# 這麼可愛一定是男孩子

方逢源歪了下頭，「應該不會耶，這個對象是第二次找我出去了，他感覺滿忙的，時間到了就解散，也不會纏人，就只是想找人陪他吃飯的正常人。」

「會找老哥這種人妖當伴遊的，哪裡有正常人啊。」

「……我不幫妳要安東尼的簽名囉！」

「逢源哥哥，不，逢源大大！我最愛你了！你是我此生最敬仰的對象，請務必要幫我要到他的簽名，可以的話他們頻道限定款抱枕也幫我問一下。」方逢時立即低頭。

她頓了下，又說：「你不過夜也好，我還想跟你討論一下『諾亞方糖』的事，反正我今天要趕稿，三點之前都不會睡。」

方逢源「嗯」了聲，他抬起頭，看著鞋櫃上掛著的全家福照片。

左首的是滿臉局促的父親，右首是笑得十分燦爛的母親，在方逢源的印象裡，母親總是神采奕奕，而父親則總是靦腆安靜。

方逢源常被說像父親，方逢時則常被說像母親。

在父親和母親中間，是一對雌雄莫辨、穿著成對白色洋裝的孿生孩童。

兩個人手牽著手，各拿著一束百合花。如果不是幼時的方逢源因為緊張，緊揣著的拳頭，連他們兄妹自己也認不出來誰是誰。

「爸、媽，我出門了。」

方逢源穿好了鞋，深吸口氣，離開了家門。

# Chapter 1

方逢源站在約好的捷運出口，滑著有水鑽背殼、絨毛吊飾的手機。路過的年輕人時不時往他這裡看，方逢源裝作不在意，內心卻已各種得意。

不枉他特地等了三個月的單，買了這季最新的韓版水手裙，他的腿一向以直長稱著，覆蓋大腿三分之一的超迷你短裙最能凸顯他這個優點。

還有這季新出的土色唇膏，方逢源膚色雖白，但終究有基因限制，沒辦法和妹妹方逢時一樣水嫩透亮。暗色唇膏有反向打亮膚色的效果，方逢源打算回家後再網購三支當作存貨。

就在方逢源覺得轉角那男的快來找他要電話時，今晚的客戶現身了。

他和上回一樣，戴著幾乎能遮住整張臉的漁夫帽。這次比上次更誇張，還戴了墨鏡和口罩，連身體也用大衣遮掩，就是個變態歐吉桑的概念。

「呃……艾先生？」方逢源確認了下。

對方迅速點了頭，他一扯方逢源戴了串珠手鍊的手，將他往轉角炸雞攤方向拉，一直拉到巷子裡才停下來。

「艾先生，怎麼了嗎？不是要一起去吃麻辣火鍋嗎？」

方逢源看出客人有點不對勁，強笑著問。

方逢源做這種網路伴遊，已經有兩年的經歷，從高三那年就開始了。

他的網路暱稱是「小圓」，單純取和「源」同音，小時候方爸方媽也都這麼叫方逢源。

方逢源在伴遊專門的網站上，上傳了自己女裝照片，並同時勾選性別為男，聲明想找能接受自己以女裝扮相一同出遊的人。

本來想多半沒人會理，他也只是某天晚上被方逢時嗆醜八怪，一時失慮，才會做出這種不智之舉。

# 這麼可愛一定是男孩子

沒想到之後伴遊邀請像雪片般飛來，淹沒了方逢源的信箱。雖說也有不少單純罵他死gay、人妖的，但認真邀約也不少。

方逢源抱著姑且一試的心情，出門陪人玩了幾次之後，發現感覺比想像中好，儘管他第一次出門還帶了電擊棒，慎防變態對他圖謀不軌。

每次見到伴遊對象，方逢源都會強調一次，「先說我是男的喔，帶把的那種。」以避免糾紛。但方逢源發現多數男人真是視覺動物，異男尤其如此。只要外表夠正、夠欺敵，內裝是什麼，上床之前根本沒人在乎。

「今天可能不能吃麻辣鍋了，但我另外在卡拉OK訂了包廂，陪我去唱歌？」

艾先生拿下口罩，但仍戴著墨鏡。

眼前這位艾先生就是個例子。他是第二次約方逢源出來，第一次他讓方逢源陪他去吃飯看電影，是那種很大眾的漫威片。

方逢源目測他大概二十八、九歲，最多不超過三十。

上次他們出遊，這人全程都戴著漁夫帽和墨鏡，但方逢源覺得他應該長得滿帥的，鼻梁高挺、眼睫毛長到有陰影的那種，那雙唇尤其性感，聲音又低沉。

這人的網路暱稱是個「艾」字，找伴遊的人多半不會揭露本名，方逢源都稱呼他為「艾先生」。

上回看完電影，艾先生還帶他去吃晚餐，在市區最高樓的高級牛排店包廂裡。

方逢源從他吃飯的儀態，看得出這人應該教養良好，且很習慣沐浴在別人目光下，包廂後那一排侍者讓方逢源食難下嚥，艾先生卻泰然自若。

以方逢源的經驗，會請伴遊的人，多數有點社交障礙，再不就是性格特異，沒辦法在現實生活下找到一起出遊的朋友。

但艾先生卻是特例，方逢源覺得他身上有股說不出的魅力，就是即使附近發生火災，圍觀群眾還是會往他的方向看的那種。

艾生生出手也頗大方，一般伴遊都會事先商議，除了伴遊費用以外，伴遊過程中的食、宿、交通或門票費，通常都是各出各的。

方逢源還遇過特別摳的客人，連去租腳踏車都要找最便宜的店家，租貴了還要方逢源自己負擔差額。

但艾先生幾乎都是全包，連讓方逢源拿錢包出來的機會也沒有。且出手闊綽，上回在高級餐廳裡點了滿滿一桌，還開了店裡最頂級的酒，方逢源有偷瞄了下標價，一杯價格都能抵上八十七個雞腿便當。

但侍者送來簽帳單時，艾先生卻連眉頭都沒皺一皺。

就像現在，方逢源看著錢櫃桌上那滿坑滿谷的食物，還以為他們不是來唱歌，是來吃buffet吃到飽的。

「你太瘦了，要多吃一點。」艾先生若無其事地說。他進包廂便拿下了口罩、脫下漁夫帽，唯獨太陽眼鏡還是戴著。

方逢源注意到他在服務生進門時，會立即背過身看牆角，直到服務生離開才轉過身。

「啊，我是刻意吃這麼少的，我有在控制基礎代謝量。」方逢源禮貌地說。

艾先生失笑，「你都瘦成這樣了，還有什麼好控制的？」

「男性骨架要穿女生衣服不容易，稍微胖一點，腰或是大腿就會塞不進去，我BMI一直都保持十八以下，要這樣穿女裝才會好看。」

# 這麼可愛一定是男孩子

艾先生眨了下眼，多半是忽然意識到他是男性這件事，方逢源解讀著他的表情。

這時候服務生又開門進來送餐，艾先生忙不迭地別過頭。

方逢源見氣氛有點尷尬，忙找話題，「艾先生怎麼會忽然換地方？那家麻辣火鍋不是很難訂位嗎，沒吃到有點可惜。」

艾先生忽問：「你有在追演藝新聞嗎？」

方逢源愣了下，「呃，我沒有，但我妹很喜歡。她就是個迷妹，一天到晚在網路上刷八卦。」

艾先生眼神忽然一亮，「你有妹妹？」

「嗯，雙胞胎妹妹，但我們是異卵雙胞胎，長得沒有很像。」

方逢源忙說，擔心他有奇怪的想像。以他對直男的了解，要是對方要求方逢時一起來伴遊之類的就麻煩了，他並不想惹火方逢時大大。

「聽起來，你跟你妹很親近？」艾先生問。

「嗯，我們相依為命。」方逢源語帶保留。

「你會來做這種工作，是因為要照顧你妹？」艾先生又問。

方逢源喝著無糖綠茶，搖頭道：「這倒不是，我妹比我還會賺錢。」

艾先生有點意外，「她也做這一行？」

「不是，她是畫畫的，插畫師，在網路上滿有名的，有時候我還得靠她養我。」

艾先生沉默了下，又問：「我以前找過其他伴遊，但他們跟你……很不一樣，你不像是會做這類工作的人。」

方逢源聳肩，「我做滿多兼職的，這個只是其中一項。真要說的話就是喜歡，我不會做自己不喜歡的工作。」

艾先生又沉默片刻，才拿起桌上的搖控器。

「我們來點歌吧？你喜歡唱哪一類的歌？」他說。

艾先生點了一大串發燒流行歌曲，但都沒有唱，從頭到尾連麥克風都沒碰。

他雙手抱胸，倚靠在包廂柔軟的躺椅上，看方逢源一個人在前面表演。

方逢源穿著短裙、踩著低跟鞋，善盡伴遊職業道德，努力炒熱氣氛。

好在卡拉OK對伴遊來講不算是太陌生的活動，就是獨唱也難不倒他，他歌喉雖沒親娘那麼好，但也差強人意，至少是不會讓人想戴耳塞裝有在聽的程度。

「我是女生，漂亮的女生。我是女生，愛哭的女生。我是女生，奇怪的女生。我是女生，你不懂女生～」[1]

方逢源賣力唱著徐懷鈺的高音，發現艾先生瞇眼看著他。

「你有在看YouTuber嗎？」他忽問。

方逢源一驚，停下歌聲，「沒有，為什麼這麼問？」

艾先生依然瞇著眼，「你的聲音，讓我想到一個人……雖然也不算人就是了。」

他不等方逢源回應，又問：「你唱歌的聲音，和講話的聲音很不一樣。」

方逢源點頭，「我能裝成好幾種聲音，唱歌用的是女聲，說話用的是男聲，很多直播……很多配音員都有這種基本功。」

1 徐懷鈺〈我是女生〉（1998）。

# 這麼可愛
# 一定是男孩子

艾先生喉結滾動，「所以你沒辦法用男聲唱歌嗎？比如這首歌。」

方逢源愣了一下，艾先生按了插歌鍵。

方逢源見他點的是〈我要我要我要勇敢做自己〉，是一兩年前的排行榜暢銷歌曲，當時幾乎是進場必點，方逢源當然也會唱。

「可以是可以，但艾先生不會覺得不舒服嗎？」方逢源笑問：「穿成這樣，但聲音卻很雄壯威武之類的。」

「嗯，就是想聽你用男聲唱，我想聽你原本的聲音。」

方逢源略感困惑，但艾先生終究是客人，方逢源也想盡可能讓客人高興。

他清了清嗓子，伴隨著音樂唱起來。

**「我要、我要、我要勇敢做自己／不畏那些流言蜚語／我要、我要、我要勇敢做自己／雖然他們都說我不信／但我不信／清晨起床／我站到鏡子前……」**

方逢源看見艾先生從沙發上坐直起來，專注地聽著他唱歌。

雖然戴著墨鏡，方逢源看不清他的眼神，但方逢源做了一年多的伴遊，直覺變得敏銳，知道艾先生正用全部的精神注視著他。

而且是，狼群遇上獵物一般的眼神。

艾先生訂了三小時的包廂，從五點唱到晚上八點，因為點的歌沒唱完，在艾先生同意加時付費的前題下，又延長了一小時。

期間方逢源多少吃了點桌上餐點，艾先生則幾乎沒動筷，搞到最後剩太多，方逢源還交代服務生打包了一些，打算帶回去給方逢時。

艾先生卻說：「不用包，我還想要你陪我去一個地方。」

方逢源愣了下，感覺艾先生湊近他身後，伸手攬了他的腰。

伴遊工作的時候，有些許肢體接觸，對方逢源而言是可容許的，程度也根據對象不同有所不同。

若是他有好感的客人，方逢源尺度就會放比較寬。

方逢源只接男客，客人裡有八成都是上了年紀的大叔，大多數都差強人意。但有時也有年輕客人，大概十次裡面，會有一次遇到品質不錯的。

有回方逢源遇到一個和他年齡相仿的大學生，說喜歡摸人的腳，和方逢源相約到按摩館。

他脫掉方逢源精心挑選的高跟鞋，除去透膚絲襪，用指尖撫摸著方逢源每天精心修剪、除邊的腳趾和趾甲，如對待珠寶玉石一般反覆磨蹭著。

那客人買了兩小時，有一小時五十分鐘都花在方逢源的腳上，方逢源為他覺得浪費之餘，還不由得感慨世界上還真是什麼人都有。

但他把這件事和方逢時說，得到的卻是妹妹說：『花了一萬塊，卻只用到身體十分之一的地方，這買賣不是很划算嗎？』之類務實的評論。

如果客人看起來怪怪的，方逢源的警戒線就會拉得比較高，這行做久了，方逢源也培養出一套偵測變態的保命雷達。

牽個手還好，攬肩膀或攬腰也尚可接受。但擁抱或親嘴，方逢源就敬謝不敏。

特別是親嘴，方逢源至今還沒給哪個客人親過。

不過這位艾先生，打從上回伴遊開始，就十分紳士，牽手攬肩這種揩油行為一律沒有。

就連兩個人玩到夜深，艾先生親自叫計程車送他回家時，還坐離他一公尺，連他一根手指也沒碰。

所以方逢時問他今晚會不會過夜時，方逢源才這樣信心滿滿。

艾先生的手繞過他的臀部，輕覆在他的腰內肉上。方逢源那地方很敏感，他做了什麼得罪妹妹時，方逢時都會從那裡搔他癢。

雖說艾先生的力道並不是很重，平心而論也不讓人厭惡。

但方逢源做這打工一年半，很清楚這種試探的意義。

艾先生問他：「你晚上有空嗎？」

方逢源吞了口水，「時間已經快到了，剩七分鐘。」

艾先生說：「那就再加兩個小時，不，三個小時。」

方逢源瞄了眼手機，他們從錢櫃出來是九點，再加三個小時，就是到午夜十二點，到時候大眾運輸工具都停駛了。

方逢源說：「我答應過我妹，今天不會在外過夜。」

艾先生顯然知道他的心思，「我會幫你叫計程車，你應該沒這麼早睡早起？」

艾先生摟在他腰上的手沒有鬆開，方逢源忍著把腰帶弄亂的風險，稍微掙動了下，但對方手勁異常大，方逢源竟無法掙脫。

他還是問了：「艾先生還想去哪裡？」

艾先生唇角微微揚起，喉結滾動，「你不是猜到了？」

方逢源沉默下來，「我沒有在做這一方面的。」

他眼神在街道上逡巡，時值東區晚間十點，街上還熙來攘往，就算對方打算亂來，應該還有很多機會能求救。

「你放心，我不會強迫你做不想做的事。」

艾先生似乎明瞭他的心思，方逢源耳根一紅。

「你喜歡男人，不是嗎？網路上說你只接受男客，有很多女生想約你，都被你打槍。」

方逢源有點意外，他竟然調查了自己，只因艾先生無論何時，總是那副雲淡風清又游刃有餘的樣子。

「對gay來講，我應該也還算帥？當作是一夜情，還能賺錢，應該不虧吧？」

方逢源想他還真有自知之明，艾先生又湊近他耳殼說：「我身材也很不錯，該有料的地方都有，你可以先脫光驗貨，再做決定。」

方逢源臉熱到不行，「我不做性交易，風險太高了，要是被警察抓，會給我妹添麻煩。」

「我已經在附近旅館預約了房間，包了整層樓，不會有人來打擾我們。相信我，這方面我比你還專精，我還可以給你看我的體檢證明。」

方逢源覺得耳根更熱了，「抱歉，但我沒有跟人做那種事的經驗……」

艾先生眨了下眼睛，「你這是固定臺詞？」他竟問。

方逢源難得覺得被冒犯，「是真的，我才十九歲，沒經驗也正常吧？什麼臺詞不臺詞的，我又不是演員！」

這話不知道觸動了艾先生什麼，他竟低頭笑了下。

他思考了下，又說：「那，如果不做到最後呢？」

「不做到最後？」

「嗯，就是不插入。」

「……我妹說，男人講這句話時，最好不要相信他。」

「你也是男人，不是嗎？」艾先生笑著，他又說：「我不碰你，只用看的，這樣也不行？」

# 這麼可愛一定是男孩子

方逢源還真的猶豫起來，艾先生見狀笑說：「你有在考慮對嗎？顯然我是你喜歡的型，否則你早就拒絕我了，你並不是毫無原則的人。」

方逢源被講中軟肋，一時赧然。

艾先生又說：「不然這樣吧，時數費加倍，我可以先匯錢給你，這樣你中途察覺不對勁，還可以先溜。」

方逢源以前常被方媽說，他是個不知道在想些什麼的孩子。

他也從不主動表達自己的意見，對方逢源而言，拒絕和抗議都是很麻煩的事。

他認為有些事情就算說出口，旁人也聽不進去、感受不到，不如不說。

「……拜託，別拒絕我。」

方逢源還在糾結，便聽見艾先生低沉的嗓音，箍在自己腰上的手指緊了幾分。

「只有今天晚上，我想要人陪，別拒絕我好嗎？小圓。」

方逢源站在旅館的盥洗鏡前。

他盯著自己塗了低調粉色指甲油的手指，仔細地清洗了每一絲可能的髒汙，直到蔥玉般的白指看不出半點瑕疵。

圈內前輩寫過文章，說女裝最容易露餡的地方有三個，其一是脖子和鎖骨交接處，因為男女骨架不同，所以不推薦穿露鎖骨的衣服。

其二是小腿肚，男性的小腿筋肉感很難消除。

其三就是手指，沒人比方逢源更清楚男女掌骨的不同，他研究過方逢時的手無數次，知道那些細微的差異。

不過艾先生果然不是簡單人物，說是帶伴遊去旅館，他還以為是廉價汽車旅館什麼的。

事實證明艾土豪果真是艾土豪，待看到挑高大理石的lobby，還有停車場前整排禮賓人員，方逢源簡直嚇傻。

艾先生還不用自己去大廳check-in，飯店人員似乎早認得他，把他接引到地下停車區，還有專屬電梯。

方逢源尾隨在艾先生後面，發覺好幾個飯店服務生在偷眼看他，還不時交頭接耳，好像在討論艾先生什麼，但艾先生都裝作沒發現。

移動過程中，方逢源抽空看了眼網銀，一萬五千塊已經進帳，現在真的是騎虎難下了。

方逢時一定會氣炸。他們兄妹倆會輪流做飯，如果一方趕不上晚餐時間，另一方都會替他留菜。今天剛好輪到方逢時做晚餐。

方逢源鴕鳥地傳了LINE給妹妹。

生不逢源：我晚上不回去吃了，妳別煮，叫起家雞吧！

但他還沒種看親妹妹的回文。

「手再洗下去，都要洗爛了。」艾先生的聲音傳進浴室裡。

方逢源吶吶關了水龍頭。

他小心翼翼地在旁邊的擦手巾上抹乾，綁帶靴在進房時脫掉了，因為他不想弄髒看起來很高級的地毯，現在他只穿著黑絲襪。

艾先生已經脫去了漁夫帽和口罩，大衣也擱在沙發椅把上。

# 這麼可愛
# 一定是男孩子

艾先生的胴體一如方逢源想像，結實而精緻，他穿著高領的套頭貼身內衣，黑色棉材很好地襯托出艾先生的肌肉曲線，特別是鎖骨的部分，和肩線渾然一體。這要是扮女裝，恐怕得穿希臘式的垂墜袍才遮得住。

艾先生的腰線也十分完美，方逢源有時旁觀妹妹畫人體素描，都會吐嘈世界上哪來這麼多倒三角體型的男人。

但沒想到現在在三次元直擊，且艾先生的腰不單是細，還有勁，像豹子般充滿力度，光看衣服下隱約透出的骨骼線條，便讓人口乾舌燥。

這種人為什麼要在網路上找伴遊啊？沒天理啊！蹲在路邊放個碗都會有人丟臺積電股票給他不是嗎？方逢源在心底OS。

「你不脫嗎？」艾先生依然戴著太陽眼鏡，問他。

方逢源吞到沒口水可吞，「唔，不太想，可以的話，我想至少穿著裙子。」

艾先生露出玩味的笑容，「女裝play嗎？那也不錯。」

他從單椅上站起，走向方逢源。他比方逢源高出兩顆半頭，兩人一站近，身高差更明顯，方逢源不自覺退了一步。

艾先生拔下太陽眼鏡。

方逢源怔了怔，即使在卡拉OK包廂裡，方逢源也沒見過艾先生全臉。

眼睛不愧是靈魂之窗，只差這麼一個部位，給他的感覺竟有天壤之別。

先前方逢源只覺得他神祕，覺得他優雅而冷靜。但如今看見那雙鏡片下的雙眼，黑中帶藍、深不見底的瞳眸裡，閃著寶石般的金色光芒，襯上本來就相當立體的五官，方逢源竟有種失速的暈眩感。

「你沒有什麼話想問嗎？」艾先生忽問他。

方逢源回過神來，「什麼？問什麼？」

艾先生居高臨下地看他，表情有些無奈，「……算了，沒什麼。」

他轉過頭，看著後頭那張雙人大床。

「你躺上去，背靠著牆。」艾先生指揮道。

方逢源打了一下冷顫，他抬頭看著他今晚的金主，仍忍不住開口。

「艾先生，我還是要再跟你聲明一次，我、我是男的喔。」

艾先生咧唇笑了，「放心，我很清楚。」

方逢源照著做了，他慢吞吞地爬上那張軟綿綿的床。感覺身後有視線一直追著他，讓方逢源本來便燥熱的腦子，變得更加無法思考。

他試著躺平在床頭，但床頭的枕頭太多，方逢源只得將它們挪開，選了塊床頭板靠上。等忙碌完，抬起頭來，才發現艾先生已重新坐下來，目光依然直視著他。

「把絲襪脫了。」艾先生說。

方逢源吞了口涎沫。他爬起身，跪直在床上。

他先鬆開腰間的絲襪鬆緊帶，抹到屁股一半的位置，然後坐回床上，伸手拉扯足趾外騰出的空間，慢慢拉出餘裕，再跪直、拉下鬆緊帶。直到鬆緊帶褪到膝上，方逢源才舉起長直腿，慢條斯理地抹去兩腳的網線。

他把絲襪完美地拎起來，整整齊齊疊放在床頭櫃上，抬頭才發現艾先生一直緊盯著他，眼神充滿玩味。

他忍不住問：「怎麼了？」

艾先生用指腹抹了下唇，「我第一次看一個人這麼仔細脫絲襪。」

方逢源馬上說：「這絲襪是日本製空運過來的，一雙連運費要六千多塊，而且要等兩個月。也只有日本會賣這種三十到五十丹尼數的透膚絲襪，可以的話我並不想弄壞它。」

艾先生愣了下，「丹尼什麼？」

「丹尼數，就是透膚度的意思，數字越高越不透明。」

艾先生笑起來，「絲襪也這麼深奧？」

方逢源想說深奧的東西可多了，但這種狀態、這種場景，確實不是大談服裝經的時候。

對方顯然也想到這一點，方逢源見他從單椅上站起來，坐到床邊。

他交疊著雙腿，方逢源還是第一次看到腿長比例如此誇張的人類。他常被說比例完美，雖然身高殘念了些，細算起來也有七頭身。

但看艾先生那雙擱在床單上的腿，沒有十頭身，也有九點五頭。穿起高腰蛋糕長裙來應該非常好看，方逢源禁不住遙想。

「把腿張開。」艾先生一手按在床單上，面向著他說。

方逢源渾身一顫，沒有照著做。

艾先生又說了一次：「把腿打開。」

方逢源這次總算動了，他蹭了下光裸的腿，腿上一無遮蔽讓他覺得不安。

雖說出門前，他有再三確認過腿毛的狀況，連最難拔除的膝窩細毛都清乾淨了，現在他有信心腿是完美無瑕的狀態。之前那個戀腳控替他按摩時，方逢源也曾讓客人近距離看過他的大腿內側。

但不知為何，在艾先生面前，方逢源格外覺得害羞。特別是艾先生又往床上挪近了些，視線幾平正對他大腿谷縫間。

方逢源開了差不多二十公分，但艾先生顯然不滿意。

「再開大一點。」他用氣音指示，「讓我看裡面。」

方逢源實在沒臉抬眼，他盡可能讓視線對準床單，又把腿慢慢打開。

不是他自誇，他和妹妹當年追隨方爸方媽練舞，他的柔軟度一直屌打身為女性的妹妹。

方逢源把腳開到最大，腳掌放不平，只得踮高腳趾尖。

艾先生目光如火，他的手掌慢慢滑進踮著的足趾間，猶如小船駛入港灣。

「把裙子掀起來。」他用氣音說，俯身靠近他的身體。

方逢源咬著下唇，猶豫了一會兒，才用兩手拉起百折短裙的裙襬。

禁欲的白色迷你裙下，是黑色蕾絲的三角內褲，內褲中心的隆起明顯到方逢源想一頭撞死。

方逢源聽見艾先生的呼吸陡然濁重，「你連內褲都穿女用的？」

方逢源深吸了口氣，「我不想要半調子……抱歉。」

「不，我沒有在怪你。」

艾先生笑了聲，他坐回床頭。

「把內褲拉下來，但不要全部脫掉，掛在腿上。」他命令道。

艾先生的指令是如此精確，方逢源卻無法立即照辦。

聽到艾先生承諾「不會碰他」時，方逢源還想著今晚或許是個甜差，可以回去跟方逢時炫耀薪偷。

但他完全想錯了。

他忍著滿眼的紅潮，把手伸到腰上。

那條蕾絲內褲是美國進口，一條要價三千多塊，男子穿女用三角內褲常會因為皮肉勾到線頭，發生各種慘劇，所以材質好是方逢源的堅持。

但他才抹了個頭，就聽到艾先生說：「停下，先不用脫。」

方逢源的眼淚已經快滴出來了，「什、什麼？」

艾先生的嗓音像蛇吐信般，方逢源實在佩服他，同一副嗓子，竟能演繹出各種各樣的風貌。

「我改變主意了，不用脫，就這個樣子。」艾先生用氣音說：「你隔著內褲，自慰。」

方逢源全身一僵，「……我不會。」

艾先生挑眉，「你不會？」

方逢源說：「我……沒有做過這樣的事，我是說，自、自慰。」

艾先生露出荒謬的神情，方逢源覺得對方一定認為自己在演戲裝清純，但他說的全是真的。

艾先生只猶豫了片刻，就換了指令。「用你的手，握住你的那裡。」

這指令具體明確，方逢源無法抗拒。

他吐著淺息，手往下探，握住蟄伏在大腿間的莖柱。

柔滑的蕾絲內褲包裹住方逢源的冠頂，方逢源這才驚覺，自己竟然已經這麼硬了，硬到三角內褲被頂開，裡頭毛髮全都露的狀態。

為了不讓任何一根毛露出三角褲，方逢源每天都會自己打理那裡，比剪頭髮還勤，有些細毛長在搆不著的地方，還得用鑷子去拔。

雖說誰也不會看見那地方，但這是方逢源的美學，他很堅持。

沒想到工作成果這麼快就有展現的機會，方逢源的性器筆直光滑，囊袋也乾淨得發亮，上頭一絲髒汙毛髮都瞧不見。

方逢源照著印象中DIY該有的模樣，上下擼動著性器。

他感覺艾先生的視線像刀一般，毫不保留地砍在他赤裸乾淨的私處皮肉上。

方逢源羞懼交集，下意識地合攏腿，立即接收到艾先生的嚴令。

「腿打開，不准合。」

方逢源只得又開腿見人，他眼角沁淚、足趾踮高，臀部幾乎離開床，手指和黑蕾絲反覆摩擦，擦出了熱度，也擦溼了蕾絲布料。

「啊……艾、艾先生，我、我快……」方逢源的腰一顫一顫著，蕾絲內褲溼得透出了形，把方逢源的冠頂透得一清二楚，指尖黏膩的觸感讓方逢源喪失思考能力，連椅上的艾先生也顯得輪廓模糊。

「繼續，不要停。」

艾先生眼角泛著血絲，喉底也帶著顫抖，顯然也在壓抑興奮感。

方逢源見他從單椅上起身，竟是伸手解了自己褲子皮帶。

皮帶「鏗啷」落地，方逢源一陣緊張，以為艾先生勒不住馬了，方逢時預言成真，下意識往床頭縮了下。

但艾先生只褪去自己的長褲，裡頭是CK的深藍色四角褲，潮得出水。

但方逢源卻無暇看，只因CK裡頭的東西更引人注目。

方逢源本想，艾先生外觀這麼斯文，這麼紳士的一個人，裡頭也應該中規中矩、溫文儒雅。

如今展現在男人胯間的，卻超乎方逢源想像。

倒不單是尺寸問題，雖然尺寸也是挺讓方逢源驚嚇，但可怕的是氣勢。

方逢源一直覺得艾先生很有戲，眼神有戲、舉手投足有戲，言語談吐無一不是戲。

而他沒想到，男人的那根，也能夠這麼有戲劇性。

他和方逢源一樣跨開大腿，坐倒回高背單椅上，微歪著頭，凝視著方逢源的腿間，手指先是在自己那根上輕撫，上下擼動，輕柔地像在撥弄貓尾巴，但隨著方逢源動作加快，艾先生的手也跟著加重。

飯店房間裡一點聲音也沒有，艾先生並沒有騙他，這整層樓只怕剩他們兩個人、兩根屌。

方逢源先到了頂，他發出一聲苦悶的喘聲，夾在少年和成年男性間的呻吟溢出喉口，白濁的體液沾染了黑絲內褲，弄髒了短裙。

方逢源軟成一灘泥，眼睫溼得睜不分明。

矇矓間只見艾先生還撐著，一手扶著扶手椅，另一手勒著頂端，小腹一抽一抽，卻遲遲不到點，五官因欲求不滿而扭曲。

方逢源也不知道腦子哪裡燒壞了，或許是艾先生那雙眼睛，那雙彷彿總是藏著掖著什麼，世界第一有戲的眼睛。

他雙手並用，從床上爬向他的客人。

艾先生眼見方逢源朝他靠近，還有些不明所以。

方逢源裸著雙足，跪在柔軟的地毯裡，他膝行到艾先生胯間，伸手握住艾先生的硬挺，張開抹了土色唇膏的唇瓣，把已然充血漲紅的物事含了進去。

「小圓……」艾先生喘著息。

方逢源只含進了一半，他沒有經驗，看片子裡每個都是吞劍大師，還以為很容易，但實際自己上陣，不要說深喉，才抵到舌間就寸步難行。

他嗆得眼角全是淚，順著臉頰滴下來，花了他精心刷上的眼影。

他隱約感覺艾先生從上而下看著他，呼吸越來越粗重，半晌伸出手來，壓住方逢源的假髮髮頂。

方逢源隱約聽他說了句「抱歉」，原本已頂進會厭的硬物又更往裡頭深入，難受到方逢源直接哭出聲來。

「嗚！……唔……」

男人的巨根往會厭不斷挺進，間或抽出幾寸，又一沒至底。方逢源呼吸困難，滿嘴都是男人肉體濃烈的氣息，嗆得他頭暈腦脹。但唇齒間的活塞運動沒有停止的跡象，這種無止盡的折磨讓方逢源招架不住，眼淚沁出眼角。

就在方逢源以為要窒息的瞬間，艾先生推開了他，但仍慢了那麼一步。濁重的氣味在方逢源唇齒間爆發，幾乎將方逢源的妝容淹沒。

方逢源伏地嗆咳，艾先生扶住他的肩膀，把他從地毯上拉了起來。

艾先生抱住他，用指腹抹去他唇角的物事，方逢源還在掉淚，艾先生猶豫片刻，低首親吻他的眼角。

「……剛才那樣，要加錢嗎？」艾先生用玩笑的語氣問。

方逢源頓時覺得無地自容，剛才一頭熱，忘記自己拉上的警戒線，還反過來侵門踏戶，有種自己占了艾先生便宜的感覺。

「你沒碰我，是我自己碰你。」他老實說，看見艾先生笑了。

那是他頭一次看艾先生發自內心笑，簡直像冰河上開了朵玫瑰花。

他覺得這人實在應該多笑，這樣他或許願意再免費服務個一、兩次。或兩、三次。

艾先生沒再強留他，方逢源洗了澡、拭乾身體，慎重地把內褲和絲襪都穿回身上，馬尾也重新粧好，再地毯式地補了一次妝，站在鏡前重新check了一次儀容，十一點五十五分時，和艾先生相偕離開旅館。

艾先生說要親自開車送他，方逢源想這時間還有捷運，便拒絕了，艾先生便說送他到最近的捷運站。

「對了，艾先生，那個亞莉安娜和安東尼的簽名照……」

艾先生「喔」了聲，在西裝外套裡翻找半晌，掏出個小牛皮紙袋交給他。

「謝謝，我妹會很高興的。」方逢源露出職業甜笑。

「你妹這麼喜歡他們喔？」艾先生問。

「嗯，很喜歡，她本來只喜歡安東尼，但後來他妹也開始做YT後，就兩個人一起追了。聽說艾先生在演藝圈工作，就要求我一定要跟你問問。」

方逢源旁觀過幾次妹妹追星現場，那個叫安東尼的模特兒兼YT，經常會直播自己做甜點。方逢源覺得他確實長得挺帥的，和艾先生那種充滿壓迫感的濃烈型男不同，安東尼的帥是偏鄰家大哥哥，很有親切感。

艾先生不知為何撇了撇唇，方逢源又試探著問：「我妹還有問他們的百萬訂閱抱枕，據說開賣不到五分鐘就搶完了，艾先生有門路拿得到嗎？」

「沒問題，我會幫你問問看。」艾先生豁達地說。

艾先生重新戴了漁夫帽、口罩和墨鏡，說是要去上個廁所。

方逢源坐在飯店大廳等他，方才房間裡的情景一幕幕湧上心頭，讓方逢源坐立難安，彷彿自己剛做了什麼作奸犯科的事一般。

他只得抬頭看著柱子上懸吊的面板電視，冷不防又出現今天早上方逢時看的演藝新聞。

「……艾佛夏所屬的安古蘭娛樂經紀公司表示，目前不便多做回應。」

「稍早的記者採訪中，艾佛夏的韓姓經紀人則對媒體表示，女方的控訴純屬子虛烏有，艾佛夏從未對任何女性暴力相向。對於女演員盧其恩的不實指控，不排除會委任律師提告……」

方逢源雖然對三次元的演藝新聞漠不關心，但這件事鬧得太大，他隱約也知道有什麼知名男演員被交往兩年的女友爆料，說他毆打性虐女生之類。

女方非但找媒體爆料，還在SNS上帶風向，跑去地檢署按鈴申告……諸如此類的大動作，使看好戲的群眾為之沸騰，方逢源看方逢時刷八卦新聞刷了一整夜。

新聞裡播出那個明星從屋子裡出來，跟在經紀人身後上車的畫面。

鎂光燈閃個不停，明星始終低著頭、戴著墨鏡，頭上還戴著漁夫帽。

方逢源微微一怔，因為他忽然發現，明星頭上那頂暗橘色漁夫帽有點眼熟。

此時身後傳來艾先生的聲音，「久等了，我們走吧！」

方逢源僵硬地回過頭，看了眼把臉孔隱藏在漁夫帽下的男人，再把視線移回新聞畫面上，兩處來回逡巡。

艾先生似乎也察覺他的視線，他瞄了一眼電視，隨即苦笑起來。

「呃，艾先生，你……」方逢源不知該如何措詞。

方逢源聽見對方長長嘆了口氣。

「所以我問過你了，你都不看演藝新聞的嗎，小圓？」

# Chapter 2

# 第 2 章

「各位親愛的小螞蟻們晚安，愉快的嗑糖時間總是過得很快呢，謝謝今天參加直播的每隻螞蟻，愛你們喲～

「那麼直播的最後，我們照例來回今天斗內最高的留言，我看看……又是『黑糖佛卡夏』呢，謝謝乾爹！

「黑糖佛卡夏問：約砲時對方跟你說『我沒有做過這種事的經驗』，請問可信度高嗎？哈哈哈，好犀利的問題，不愧是佛卡夏先生。

「這個嘛，因為方糖也沒有經驗，所以不知道呢！

「但就算是說謊，如果是為了讓氣氛更融洽，那也沒什麼不好。如果對方跟方糖這麼說，方糖就會選擇相信他喔，因為質疑對方也沒什麼好處，對吧？

「最後來播放一下今天的cover曲！各位螞蟻們聽完之後，歡迎在推特留言區留下你的心得感想，方糖會從中抽出一名幸運的螞蟻，有機會得到方糖的小禮物喔～

「那麼掰掰囉，各位小螞蟻們，see you next boat～～」

方逢源拿掉沉重的機械耳機，伸手關了電腦上的五官動態攝影機。

螢幕上綁著雙馬尾，頭上髮圈以彩色糖果代替，穿著中世紀復古褲裝、高筒綁靴，衣服上也黏滿各式糖果，手上還拿著一根棒棒糖的虛擬主播，在方逢源切掉攝影機的瞬間，成了毫無生氣的二次元平面人偶。

臥房外傳來敲門聲，方逢源還沒來得及答應，方逢時就闖了進來。

「結束了嗎？直播。」方逢時探出那顆剪著狗啃短毛的頭。

「……敲門就是要等對方答應才能進來的意思，妳這樣敲門的意義在哪？」

「哎喲，我在外面等了快一小時耶，誰叫你今天直播時間比平常還長，一般都是十二點結束不是嗎？」

方逢時瞄了眼鐵皮牆上的糖果造型時鐘，那是「諾亞方糖」粉絲送的手作禮物，已經是凌晨兩點。

「何況我是方糖的生身之母耶！你態度給我恭敬一點。」

方逢源關掉電腦，轉過椅子，對有著和自己相仿臉孔的女性嘆了口氣。

他穿著運動短褲，上身是清爽的男性白色吊衶（背心式內衣），剃得彷彿軍人般的短髮沾著水氣。

為了讓動態攝影機更生動地捕捉他的一舉一動、一顰一笑，方逢源在直播時會卸掉所有妝容，連假髮也不戴，就是完完全全原裝的樣子。

所以方逢源在直播時，嚴禁任何人進他的房間，但方逢時永遠是他的例外。

「所以，到底有什麼事？」方逢源問她。

方逢時雙眼放光，「你不跟親妹妹分享一下嗎？你的約砲初體驗？」

方逢源嘆氣。

「我要訂正兩件事，我沒有約砲，是工作。第二，我那天晚上根本沒打砲，我和那個客人沒發生關係。」

「騙人，你回來那什麼時間，我幫你留的炸雞都軟掉了，我才不相信你們什麼都沒有做。」方逢時擺出「真相只有一個」的架勢。「你還是老實交代吧，哥。所以對方是你的菜嗎？否則你怎麼會為了他放棄跟我共進晚餐的機會？」

「……沒有，就客人說今天特別寂寞，要我多陪他而已。」

方逢源心虛地檢查了一下電腦螢幕，確認麥克風都是關著的。

上回方逢時闖進來問內褲哪一條是他的，結果方逢源忘記關麥，聊天室刷了整頁都是在問：

「方糖跟女生同居嗎?!」

方逢源趕緊回應「是我妹」，還換來整螢幕的「醒醒吧方糖你並沒有妹妹」。

方逢源見八卦妹一臉無法接受的樣子，決定先轉移話題。

「對了，小時，妳知道……『艾佛夏』這個人嗎？」方逢源問。

那天回家後，方逢源多少也查了一下艾先生的資訊。

他進了從沒點進過的演藝情報板，不過搜了「艾佛夏」三個字，就有上萬筆資訊，是在虛擬主播板搜「諾亞方糖」的幾千倍。

因為too much infromation，方逢源只好先從艾佛夏的維基開始惡補。

維基上說，艾佛夏是童星出身，七歲就出道。他母親是知名演員，父親則是什麼金獎導演，可謂家世顯赫。

他演到十二歲，青春期短暫出國留學後，回來又被大型演藝經紀公司「安古蘭」簽走，自此星途一路順遂。

艾佛夏現年二十六歲，方逢源有點意外，原來這人比想像中年輕。

但他也可以理解艾佛夏看起來如此老成的原因，畢竟這人七歲就出道，藝齡長達二十年。

他十九歲那年，以偶像劇《好好先生》大紅，戲裡他是苦戀青梅竹馬女友的苦情男主角「古朝陽」，青梅竹馬都喚他「太陽」。

網路上說艾佛夏演活了那個角色，集卑微與帥氣、苦情和激情於一身，播出期間走在路上，都有女性觀眾對他大喊：「小太陽！」

三年前，艾佛夏主演了網路劇《只有六個顏色的彩虹》，內容是描述自閉症患者的奮鬥故事。

劇本身算是平平順順，但艾佛夏為這部劇寫了主題曲，意外得了當年度的戲劇最佳配樂獎，從此被發現具有音樂才華，連唱片公司都搶著找他簽約。

這樣看起來，這傢伙根本開掛。長得帥、演技好、背景硬又才華洋溢，創角時的技能點數就是其他人兩倍。

也難怪會有這樣的氣場，這種人，天生就是讓人供在神壇上瞻仰的。

但讓方逢源揪心的倒非艾佛夏的得天獨厚，而是他發現，那天在包廂裡，艾佛夏點給他的那首歌，那首〈我要我要我要勇敢做自己〉，就是艾佛夏得獎的電視劇金曲。

維基上說艾佛夏除了親唱外，還親自作詞、作曲，還兼編曲。

他竟然在本人面前表演了那首歌，還渾然不知原唱者就在自己眼前，方逢源簡直無地自容。

「艾佛夏？廢話，當然知道啊！拜託有誰會不知道他？國民男神耶！不知道的是山頂洞人吧？」方逢時說。

身為山頂洞人的方逢源，從維基一路補到了最近的新聞。

就在兩週前，藝名Ruka，本名盧其恩的女演員出來爆料，說遭到艾佛夏精神和肉體長期虐待，還秀出不少傷痕和道具照片以實其說。

而Ruka開砲後，就像是雪崩一般，忽然有為數眾多的女人也出來跟風，說艾佛夏好色又濫交，且嗜虐成性。

他做艾佛夏伴遊的前一天，剛好有個自稱艾佛夏前女友A的親友爆猛料，說艾佛夏曾經把不求人插進她的那裡，還說要幫她抓癢，讓好好先生一夕之間成了變態先生。

「其實他之前就一直花名在外，常被拍到跟不同女生出去。他女友換得很快，而且守備範圍超廣，從平面模特兒、演員、YouTuber還是業界人士都有，之前就有人說艾佛夏很好色，但沒想到他骨子裡這麼變態。」

八卦妹方逢時給他科普了一下。

「但他腦殘粉特別多，發生這種事，IG上還一堆女的在那邊替他護航，還有人說什麼『被小太陽這麼帥的男生虐待，女生也應該覺得爽吧！』真的有夠掉SAN的。」

方逢源回想著那天進飯店房間的情景，想著艾先生盯著他自瀆，臉頰漲紅、鼻孔歙張、興奮到極處的模樣。

……怎麼也不像是直男的樣子，要說艾先生是雙插頭，還有點可能性。

至於性虐傾向，方逢源倒完全感覺不出來。況且他們約好不碰對方，最後違約的還是他，說他強了艾佛夏還比較貼切。

「不過他現在慘爆了，聽說他代言的廠商全都撤了，戲約也是，說不定連演藝圈也混不下去了。」

「呃，很嚴重嗎？」

方逢源想起那天艾先生邀他進旅館時，那句「別拒絕我」的語氣，雖然當時戴著墨鏡，但方逢源還是感覺得出來，那人隱藏在心底深處的波瀾。

「當然啊，他原本就是靠好男人的形象在吃飯，代言的全是家用產品，像是廚具還有女性用品之類的，現在爆出這種醜聞，以後應該沒廠商敢再找他了。」方逢時說完，又疑惑地望向他。「你平常不是對演藝圈完全沒興趣嗎，是吃錯什麼藥了，忽然這麼關心他？」

方逢源摸摸鼻子，如果讓妹妹知道，自己跟這個剛化身成國民變態的男人去開房間，還在那人指揮下自慰，甚至情不自禁為對方口交，應該會大叫三聲跑出去繞屋三百圈。

方逢源不想引起騷動，而且更重要的是，他不想讓方逢時為他擔心。

畢竟他們兄妹倆要擔心的事情，已經夠多了。

「……沒什麼，因為他最近新聞鬧很大，跟跟風而已。」

方逢源往後躺倒在單人床上，仰望上頭懸著日光燈的鐵皮穹頂。

說起方逢源兄妹住的這幢房子相當特別，當年是方媽從熟識的劇團團長手裡頂下來的，本來是做為劇團的排練場使用。

方爸說這房子當初沒申請建照，是用鐵皮土法煉鋼煉起來的，占地不到二十平方米，卻蓋了二點五層樓，最上面還有個拿來晒衣的閣樓陽臺，經過好幾次擴建改建，每次叫來的師傅用料都不同，外觀看上去花花綠綠的。

方爸還在時，常說這房子像馬戲團帳篷一樣。

他自己很喜歡，方媽倒是一天到晚說想掙錢買房子搬出去，但喊了數十年，也沒能如願。

雖是鐵皮屋，但裡頭說到底還挺舒適的，三房兩廳一廚二衛應有盡有，他們還自牽了一堆水電和網路線，方爸說比市中心那些一坪百萬的豪宅還舒服。

這幾年來，方家周圍的土地價值水漲船高，蓋大樓的蓋大樓，金店面也開了不少，斜對面還開了家全聯。

他們都有心理準備，以為這房子哪天會被都更掉。

但等了這些年，等到方爸方媽都走了，也沒人對它感興趣，就跟方家兄妹一樣命運。

「對了，那天伴遊拿到的錢，我已經匯到那個帳戶裡了。」

方逢源又說，他走進浴室，對著鏡子用溫水洗起臉來。

男性的毛孔大、皮膚粗糙，保養對方逢源來講是不可或缺的工序。他每天至少要花一個半小時的時間敷臉，做保養品、保溼用品導入，還得修剪全身細毛。

方逢時微微一頓，「嗯，我會再確認。」

她看著把頭髮用浴帽兜起、對著鏡子貼上面膜的方逢源，忽問：「哥，你覺得，爸會知道那是我們給他的錢嗎？」

「應該會吧，戶頭忽然有錢進來，還五年不間斷，難不成以為是詐騙集團嗎？」方逢源笑說。

方逢時卻沒有笑，她鳩占鵲巢，坐在方逢源的椅上踢腿。

「……如果爸爸知道是我們匯的，那為什麼都不跟我們連絡？」

方逢源沉默下來。

他拿起掛在脖子上的毛巾，走到妹妹身側，凝視她和自己相仿、雪白到透出血管的脊背，忽然舉起手來，把熱毛巾壓在她那頭狗啃短毛上。

「別胡思亂想，不是說好了，要讓爸爸做他想做的事。等爸爸做完了、想清楚了，自然就會回家了。」

方逢時抗議似地掙扎了下，「少擺出一副哥哥的樣子，不過就年長我十分鐘，裝什麼老？」

方逢源瞪了她一眼，方逢時發出一陣咯咯的笑聲，偷了方逢源的毛巾，一串煙似地溜出門跑了。

方逢源嘆了口氣，抽了另一條浴巾，打算進浴室洗洗睡，擱在電腦桌前的手機卻震動了下。

方逢源一共辦了三支手機：家人朋友用、伴遊邀約用、妹妹專用，每月通訊費用都很嚇人，有時跟工作賺的錢剛好打平，還入不敷出。

而這次震動的是他伴遊用的那支手機。

艾：我可以再約你出去嗎？

# 這麼可愛
# 一定是男孩子

方逢源發現自己有點與眾不同，最早是在小學三年級時。

他和妹妹方逢時是雙胞胎兄妹，他早方逢時出生十分鐘。

但不像刻板印象中的同卵雙胞胎，他和方逢時是異卵，所以除了同樣遺傳了父親的犯規膚質、母親的大眼睛外，其實長得並不像。

但小時候母親就很愛把他們打扮成一樣，可能是迷戀雙胞胎的刻板印象，記憶裡，方逢源很常和妹妹一同穿著蓬蓬裙小洋裝，或復古式旗袍，在攝影師熱情的指揮下擺出各種姿勢拍照。

且不知為何，母親選的大部分是裙裝，也就是世人認知的女裝。

方逢源幼時骨架細、身材又瘦，穿起來毫無違和感，方逢源常看著小時候的照片檔案慨嘆。

方家兄妹小學時，方爸方媽忙著巡演，經常不在家裡，請來育兒代打的親戚阿姨又是個兩光人，常忘記把制服拿去洗。

方逢源那天制服沒乾，便臨時起意，穿上方逢時的制服去學校。當時小學的女生制服是水手服領和百折裙，搭上很可愛的小帽子。

導師見了方逢源大驚失色，馬上吼著制止。

「男生穿什麼裙子！快脫下來！」

方逢源一頭霧水，但看周圍大人都一副他做了什麼天大錯事般，連同學也圍在他身邊議論紛紛，方逢源只能乖乖聽老師的話，到廁所換回褲子。

當時方逢時超級討厭穿裙子，大概是小時候被方家老媽蹂躪太久，產生心理陰影，方逢源從小五開始就沒見過妹妹穿裙子，連參加婚宴都是牛仔褲上陣。

方逢時死不穿裙裝制服，好在當時小學的女生制服有兩種款式，裙裝和褲裝。但男生制服只有褲裝，沒得選。

方逢源本來想，如果問題出在裙子，那不要穿裙子總行了。

小學運動服也分男款和女款，女款是紅中帶粉，男款則是深藍色，除此之外剪裁一模一樣，看不出差別。

方逢源穿了方逢時的粉色運動服到學校，和上次一樣，引起了軒然大波。

老師認為他故意鬧事，揪著方逢源的耳朵，「為什麼偷穿女生的衣服，方逢源，你這臭小子給我馬上脫下來！」

方逢源大聲抗議：「這不是裙子啊，怎麼會是女生的衣服？」

「女生是粉紅色的、男生是藍色的，你五年級了還不會認顏色嗎?!」

「為什麼只有女生可以穿粉紅色？」

老師愣了下，隨即怒吼：「因為規定就是這樣!粉紅色就是女生的衣服，男生就是不可以穿女生的衣服，你懂不懂？」

方逢源還是不解，「但是我妹都不穿粉紅色，為什麼粉紅色就是女生的衣服？」

後來訓導主任介入，威脅再鬧下去要告知家長，方逢源並不想給爸媽添麻煩，乖乖脫了粉色運動服，換上藍色的。

但從此之後，方逢源像是著魔一般，學校既然禁止，方逢源就偷偷來。

他把裙裝穿在褲裝裡，進了校門就脫褲子，上課的時候把外套蓋在短裙上，仲夏也不例外。

他每天都會在身上某個地方弄點水鑽或小飾品，有時在指甲上，有時在長袖遮著的手腕上，以讓人不經意瞧見為樂。

# 這麼可愛
# 一定是男孩子

不只身上穿的，方逢源也開始研究妝容，他買了各種各樣的化妝保養品，躲在臥房裡試妝。

青春期男孩的床底放滿寫真集和A片，方逢源的床底則放滿了他的寶藏：絲襪、腰帶、耳環、手套、髮夾，當然還有特地去專門店訂做的假髮。到後來甚至自己研究金工，自製各種配件首飾。

他開了Facebook粉專，分享自己的OOTD，粉專名稱是「方糖子」。Instegram興起後，方逢源就把陣地轉移到IG上，在「諾亞方糖」誕生前，「方糖子」的IG就已有二點五萬追蹤人次，當時他還是個高中生。

方逢源自問各方面都不如妹妹，才能也好，個性果決也好，異性緣也罷。明明以名字來講，方逢源名字來自成語「左右逢源」，而妹妹名字是「生不逢時」。

要說方逢源人生有什麼是贏過妹妹的，那就是打扮了。方逢時從來不在穿著上用心，衣櫃裡永遠只有那一千零一件T恤。

方逢時也從來不化妝，靠天生麗質碾壓八方。

這也是方逢源最羨慕妹妹的地方。對妹妹而言，打扮與否是個輕鬆的選擇，就像制服能選裙子或褲子一般。

但對方逢源來講，卻是人生向左走向右走、攸關生死的抉擇。

這點在方家兄妹國二那年，方家老媽因為無法接受父親的「抉擇」，間接讓方家老爸人間蒸發後，方逢源更深深體認到這一點。

方逢源抵達市立溜冰館時，那個穿著大衣、戴著鴨舌帽，口罩墨鏡遮滿滿的身影已經等在那裡了。

他喘著息，昨晚諾亞方糖的遊戲直播弄到太晚，粉絲又一直鼓譟他「再試一次」，結果玩到深夜兩點都沒能破關。

隔天起床一照鏡子，方逢源發現自己鬍子腋毛全冒了一堆，嚇得他垂死病中驚坐起，緊急拿了除毛膏，把鬍子細毛一根根拔掉，還上了三層遮瑕膏，遮住恐怖的黑眼圈，這才匆匆忙忙赴約。

抵達會面地點時，已經是約定時間過半小時，好在對方並沒有生氣的樣子。

「……我以為你不會來了。」艾先生語氣複雜地說。

雖然發生不少意外，方逢源在打扮這件事上還是無法妥協。

他穿了削肩的淡藍格子女用襯衫，露出他長年臥舉練出的細臂來，下身則是純白色貼身長褲，再襯上厚底綁帶涼鞋，走smart casual路線。

方逢源把假髮束成長辮、盤在腦後，戴了和長褲同色的高爾夫球帽，因為露了全耳，所以搭配垂墜式捕夢網造型耳環。

為了避免晒黑手臂，方逢源還上了高系數的防晒霜，再加上陽傘，全副武裝的程度讓艾佛夏忍不住莞爾。

「抱歉，除毛花太多時間，我下次會早點起床。」方逢源誠實地說。

這話說得艾佛夏「噗哧」了聲，雖然又是口罩又是墨鏡的，但這人氣場還是遮不住，光這一笑，便又讓方逢源斷片兩秒。

「走吧，我買好兩人的票了。」艾佛夏指著身後的溜冰館。

再次收到艾佛夏的伴遊邀約讓他相當驚訝，他本來以為這人自顧不暇，應該是沒心情再找他這種小伴遊玩樂。

小圓：可以是可以，一樣是三小時嗎？

艾：陪我六小時吧，這個週六可以嗎？

小圓：是OK，但我晚上五點有事，六小時的話，就得從早上開始喔。

艾：把其他邀約都排開吧，我買你一整天，價格和上次一樣雙倍。

方逢源對著手機怔了好一會兒，諾亞方糖這週六表定晚上六點直播，是ASMR談心時間，他事先蒐羅了不少乾爹的來信、擬好腹稿，許多粉絲都很期待這一個月一次的殺必死時間。

方逢源左思右想掙扎了半天，最終還是敗在金錢的誘惑下。

小圓：艾先生想去哪裡呢？

艾：讓你決定吧！先前兩次都是聽我的安排，偶爾也該讓你做主。

小圓：哈哈，是您花錢請我伴遊的啊，當然是去艾先生想去的地方。

艾：那我家？

小圓：……艾先生是在開玩笑吧？

艾：哈，確實是在開玩笑。

方逢源看著螢幕上笑倒的小白人貼圖，不禁鬆了口氣。他可不想成為被八卦雜誌跟拍的對象，還是在這種非常時期。

但方逢源也有點驚訝，那抹在心中一閃而逝的失落感。

艾：你都沒有想去玩的地方嗎？像是高級俱樂部之類的，或是海外？費用不用擔心，一律我出錢。

方逢源看著「海外」兩字，還真有衝動就這麼許個去東京迪士尼玩個三天兩夜的願望，但他還是努力維持理智。

小圓：那……溜冰呢？

艾佛夏向櫃檯租借了兩雙冰刀鞋，一大一小，再加上護膝和安全帽，坐到方逢源身邊給他試鞋。

「你腳背好細，像玩具一樣。」艾佛夏比劃了下，跟櫃檯換了更小一號。

方逢源本想說他自己來就好，但艾佛夏堅持要替他穿。

「艾先生，我還是要先跟您說一聲，我是男……」

「我知道你是男的，但我就想幫你穿鞋，有規定王子只能幫灰姑娘穿玻璃鞋嗎？」

艾佛夏瞅著他眨眼，方逢源頓時語塞。

方逢源讓艾佛夏拉著，到了冰場邊緣。

時值週六午後，早有一堆紅男綠女在裡頭穿梭，多數都是情侶，不是拉著手在冰上面糾纏不清，就是根本沒在溜冰，窩在冰場邊緣講悄悄話。

艾佛夏一腳滑過冰上，在傷痕累累的冰面劃出一道綺麗的長痕。

他身高目測一百八以上，穿著低調的深色運動衫、修身牛仔褲，即使溜冰時也不脫帽子和口罩，露膚度不到百分之一。

但光是這樣在冰上轉個一圈，場邊就有三分之一的人目光往這裡投遞，讓方逢源不禁感慨這人真是天生的明星命。

「我以前演……以前受過一陣子花式溜冰訓練，稍微會點基本技巧。」

# 這麼可愛一定是男孩子

大概是感受到方逢源的視線，艾佛夏自己解釋，他收攏V字腿，俐落地停在方逢源面前。

方逢源知道他想說的是「以前演過溜冰的角色」，他在刷維基時依稀看過，艾佛夏曾經赴日演過戲，出演一個日本花滑電影中的泰國人（？）角色。

他對著方逢源伸出長手，像邀請女伴入舞池的紳士。

但方逢源才把掌心搭上去，手臂就被他猛然一扯，整個重心被帶著轉了一圈，慌得方逢源用原聲叫了出來：「哇……！」

艾佛夏竟然哈哈大笑，「你不會溜嗎？那幹嘛說要來溜冰場？」

方逢源驚魂未定，不愧是演過花滑選手的人，艾佛夏帶著他從場子這頭滑到另一頭，動作流暢自然，末了還攔腰把他抱起來，在空中轉了一圈。

「會、會是會，但我以前溜的是直排輪。」方逢源手腳發軟，「冰刀……很不一樣，我還是第一次知道市區裡有這種冰刀場。」

方逢源沒說，他前一次溜冰，就是跟方家爸爸。

那天是方逢時和方逢源的生日。方逢源記得當時，方爸已經因為「那件事」，和方媽鬧得不可開交，一個月回來家裡的次數寥寥可數。

只要有方爸在，方媽就不跟，所以那天生日，只有方爸帶著他們兩個小毛頭。

方爸說想去溜冰，他和方逢時沒異議，一家三口三貼騎著中古摩托車，來到離家最近的直排輪溜冰場。

方爸和方媽都是劇團演員出身，方爸是團長，方媽是當家花旦，兩人也是因為這樣才共結連理。

方逢源看過無數次方爸方媽的演出，名為舞臺劇團，其實根本是雜耍團。方爸十八般舞藝樣樣精通，走鋼索還是吊鋼絲都難不倒他。方媽則是有媲美蘇珊大嬸的好歌喉，就算不唱歌，光念旁白也能迷倒一堆男粉。

區區直排輪當然難不倒方爸，那天在方逢源記憶裡，他拉著父親的手，而方逢時則拉著方爸另一隻手，三人溜了一圈又一圈。

溜累了，方爸便買了冰淇淋，和兄妹一塊趴在場邊吃著。

「人，真是追求速度的生物呢！」他記得方爸舔著冰，感慨地看著冰場內穿梭的人群。「賽車、自由落體、雲霄飛車、溜冰，真奇妙啊！只要速度夠快，人就會不由自主地興奮起來，為什麼呢？」

方逢源也舔著冰棒，看著剃著短到鬢邊的頭髮、留著鬍子，穿著削肩的吊袡露出精實上半身，比男人還要男人的方爸。

「大概是覺得速度夠快的話，就能夠逃離什麼吧？用盡全力，朝某個方向拚命地跑的話，感覺就能夠擺脫一切，就能夠得到自由。」

那是方逢源兄妹與父親最後的回憶。就在他們十四歲生日的隔週，方家爸媽遠赴泰國曼谷，進行長達一個月的巡演。

而就在巡演最終日，方爸謝幕之後從後臺消失，劇團的人遍尋不著，母親和方家兄妹也連絡不上。

方媽本來猜方爸會不會是自殺之類的，但等了再等，都沒警察通知他們認屍。

就這麼過了四年，方逢源和方逢時都成年了，方媽再婚，搬出去和新對象同居，而方爸至今無消無息。

他如其所宣言的，從方家，從方逢源的生命裡，逃得無影無蹤。

方逢源就這樣被艾佛夏帶著，做了快一個小時的冰上運動。

初始是艾佛夏拉著他的手，帶著他在冰上繞圈，但兩巡之後，方逢源也逐漸習慣冰刀場，克服那種失速感後，跟直排輪差異也不大，方逢源還秀了幾手父親傳授給他的轉圈和倒退溜。

「你運動細胞真不錯。早知道應該多帶你出來做戶外活動的。」艾佛夏說。

方逢源略提了自己父母的事，艾佛夏更感意外。

「舞臺劇嗎？我以前也演過舞臺劇，但舞臺在國內沒市場，以前曾經有劇團給我發過offer，但公司認為沒有前景，就推掉了，你父母應該滿辛苦的。」

方逢源心有戚戚焉地點頭，想起幼時常跟方逢時被父母帶著，不知道演出幾百回，但最後扣掉固定支出，一場巡演收入還不如一個上班族半年薪水。

「但舞臺劇在日本和法國都很受歡迎，我去日本演戲時，有受邀參觀過他們的頂尖劇團，票賣到會場外都有人舉牌在求票。」艾佛夏上下打量了方逢源，「不過你父母都是舞臺演員啊……難怪。」

兩人一邊並行滑冰，一邊閒聊，艾佛夏興起還會拉著他的手，帶著他做些高難度的旋轉，以看他驚慌的神色為樂。

方逢源感受到來自冰場各處豔羨的目光，當然都是針對他的。

他還看到穿鞋椅那邊有群女的聚在一起，往他們的方向交頭接耳，感覺似乎認出艾佛夏。

艾佛夏也注意到了，他拍了下方逢源的肩，壓低聲音說：「累了嗎？去吃點冰淇淋之類的甜食如何？」

冰場旁有小賣店，但沒有賣冰淇淋，艾佛夏便帶著方逢源到附近的咖啡館。

艾佛夏不愧是艾佛夏，只和女店員講了幾句悄悄話，就被安排到樓上的包廂席，女店員的耳根還紅了。

但過不多時，方逢源便看到有群女性聚集在離包廂一段距離的地方，往這裡竊竊私語。

方逢源這幾天都在爬艾佛夏的新聞，看對面一臉泰然自若、還點了特大號聖代和檸檬雪泡冰飲的大明星，心中猶如萬馬奔騰。

「怎麼了，一直盯著我看？」艾佛夏注意到他的視線。

「啊，沒什麼，只、只是覺得你的鼻子好挺。」方逢源慌不擇言。

「鼻子嗎？是遺傳路蘭女士吧？她有法國人血統。」

「路蘭女士？」

「嗯，就是我媽，我習慣這麼稱呼她。」艾佛夏若無其事地說。

艾佛夏的母親，藝名路蘭，是有名的法籍臺裔演員，方逢源回想維基百科上的資訊，照片上是個褐髮藍眸的超級大美人。

他不由得想起旅館裡那雙流動著金色光芒的眼睛，好在現在艾佛夏還是戴緊墨鏡，否則方逢源覺得自己的血液流速又要失控了。

「那個……你還好嗎？」方逢源又問。

艾佛夏挖去聖代最上方的草莓，「什麼好不好？」

「我看了……新聞，感覺事情好像鬧得很大。」方逢源謹慎地說。

艾佛夏有幾分無奈，「所以你現在會看演藝新聞了。」

「呃，抱歉。」方逢源連忙低頭。

艾佛夏聳了下肩，「也沒什麼不好，就是三個代言被廠商撤掉，違約金加起來大約三千多萬，原本的演唱會延期，要支付場地費兩百多萬，還有原本要參與的戲劇演出，一個戲分被調降、另一個直接被換角，不過這樣而已。」

方逢源聽出男人語氣的執拗，知道不宜再深談。何況他只是個伴遊，不是什麼心靈導師，連他朋友都算不上，沒理由讓客人不開心。

其實昨天赴約前，方逢源向妹妹詳細探問過關於醜聞的事。

方逢時不愧是演藝通，她打開手機，不費吹灰之力地找到當初引起軒然大波的那則推特。

推特的帳號是「@RukaGrace」，正是女演員Ruka的官方帳號。

而艾佛夏的官帳「@BonbonFocaccia」，早在事情爆出來當晚就被洗到緊急關閉了，現在是空帳號的狀態。

入眼是張醒目的照片，一看就知道是女人的背，背上青一塊紫一塊，橫陳在幾乎找不到瑕疵的美背上，格外觸目驚心。

推特上方則是英文字「Hurt. Can't keep mum anymore.」（痛。無法再保持沉默）。

這篇推文有高達兩萬則的轉推數，依方逢時的說法，當天就引起了各方人士的高度關注，報紙、農場文網站和即時新聞加起來有十則報導，網路論壇更是洗板洗到翻天，連警察都介入調查。

「但怎麼會知道是艾佛夏下的手？」方逢源問方逢時。

「一定是啊，拜託，他們是公認的神仙情侶耶！你不知道嗎？當年他們被拍到一起去出租廚房做蛋糕時，小太陽的粉簡直快瘋了，一堆人還跑到Ruka寫真集簽書會上罵她，說她癩蛤蟆想吃天鵝肉什麼的。」

方逢時說著。

「後來是艾佛夏親自出面滅火，開了記者會，說他和Ruka是認真交往，請粉絲祝福他們的戀情，事情才暫時落幕。」

方逢時說，那則推文發出不到十二小時就刪了，Ruka和艾佛夏也都沒做回應。

但過沒多久，就有八卦雜誌接到不明人士爆料，說艾佛夏長期性虐待Ruka，還附上精美的照片和錄音證詞。

八卦雜誌說爆料的人是「Ruka的親密友人」，但方逢源怎麼看，都覺得爆料者就是Ruka本人。

爆料內容十分精彩，方逢時從網路上找到雜誌翻拍內容。只見照片中美女渾身是傷，背上還算是輕微的，大腿、小腿、肩膀，大腿內側也不遑多讓，還有些私密部位的馬賽克照片，傷痕累累地令人不忍直視。

「這樣女演員不是也很犧牲嗎？曝光這種照片。」方逢源咋舌。

「是沒錯，但就因為Ruka做到這種程度，絕大多數人都覺得艾佛夏是真的做了這些事，女友忍無可忍，才會玉石俱焚。」方逢時說。

「但光是照片，也不能證明就是現任男友做的吧？有可能女演員有複數交往對象啊？啊，也有可能是和艾佛夏交往前留下的照片不是嗎？」

方逢時奇妙地望了他一眼，方逢源才發覺自己在不知不覺間，竟替艾佛夏打抱不平起來。

「若只有照片，確實不算罪證確鑿。」但方逢時說：「就在雜誌刊登後沒多久，有人在推特上傳了一段神祕的影片。」

影片只有十三秒，被上了艾佛夏和Ruka的tag，很快就在全網瘋傳。

方逢時說現在推特已經強制下架影片，還把那個小帳ban掉了，但影片還是被轉移到其他影音平臺上。

影片畫質相當模糊，感覺是偷拍的，鏡頭很晃，聲音也破碎斷續。

鏡頭正中央是張床，但不是居家的那種床，而是高級旅館常見的那種堆了一堆枕頭的假俳(做作)床。

鏡頭晃了兩秒，有個女性被推進鏡頭裡，她渾身赤裸，上身只裹著一條浴巾，頭髮溼漉漉地貼在額上，感覺剛沐浴完不久。

「這人就是Ruka。」方逢時說。方逢源感嘆真不愧是女明星，他再保養也做不到那樣膚如凝脂。

影片中的女性臉色蒼白，望著房間的一處，表情滿是驚恐。

『艾莫，拜託……』她呢喃著。

而鏡頭外傳來低沉而沙啞的吼聲。

『妳是不是以為自己做什麼都會被原諒？女人就可以為所欲為嗎？過分的人是妳吧？賤女人，我警告妳……』

影片到此戛然而止，方逢源震驚到說不出話來，只因他認出影片裡的聲音，如假包換就是艾佛夏的聲音，不做第二人想。

但和艾佛夏見面兩次，還一塊去唱過卡拉OK，方逢源一次也沒聽過艾佛夏用這種口氣說話，更別提使用「賤女人」這種詞彙。

「很驚訝吧？網路上還有閒人拿去做聲紋分析，把影片和艾佛夏個人演唱會的聲音做比對，確定是同一人。」

方逢時當時支撐著下巴，活像發現男友出軌般嘆了口長氣。

「艾佛夏一直以『好好先生』的形象在演藝圈活動，得過超多次『理想丈夫』、『理想男友』票選冠軍，這樣的人，竟然罵自己的女友『賤女人』。唉，害我都對偶像啊明星的失去信心了，知人知面不知心啊……」

「在想什麼……？」

艾佛夏的嗓音傳進耳裡，把方逢源從沉思中驚醒。

他忙拿起水杯喝了一口，以掩飾加劇的心跳聲。發現他不吃聖代後，艾佛夏默默把方逢源那份也嗑光了，這大明星真是意外的嗜甜。

看著眼前幸福地舔著唇邊殘冰、如冬日暖陽照撫大地一般的男人，方逢源實在很難將他跟影片裡那個大吼大叫，罵著「賤女人」的影像重疊。

做為跟他至少有一次肉體關係（？）的人，方逢源也不是沒有衝動想問清楚，「影片裡是怎麼回事？」、「你真的會把不求人抹進女友的那裡嗎？」。

但這大明星會選在這種非常時期找伴遊，多半是想藉機逃離原本的交友圈，尋得一時半刻的喘息，方逢源覺得自己不該破壞客人的心願。

「所以，今天也能請你加錢服務嗎……？」

然而艾佛夏接下來的問題，卻讓方逢源喉頭一哽。

「什、什麼？」

「我本來打算邀你一起看直播，我最近迷上一個很有意思的直播主，但不知為何臨時取消了，原本的時間就空下來。」

艾佛夏把冰含在唇邊，他微微揭下墨鏡，用那雙墨黑中帶著金的眸子直視方逢源，方逢源感覺血液從胃匯聚到了腦門。

「您、您不忙嗎？演員什麼的，行程表應該很滿吧？」方逢源說。

「我說了，代言都撤了、戲也沒得拍了，我現在閒得很。」艾佛夏蹺起他那雙天怒人怨的大長腿。「我知道一間五星的溫泉旅館，在山上、有個室，你如果不急著在午夜趕回家，那裡能邊泡溫泉、邊看星星，酒水的品質也有保證，就算什麼也不做，純喝酒看夜景也很不賴。」

方逢源緊抓著膝蓋的長褲布料，他試著平復呼吸，緩和血流。

「加錢……是加多少？」他忽問。

艾佛夏露出訝色，隨即唇角一揚。

「從現在開始，每小時三倍價格。你上車，我馬上匯。」

# Chapter 3

# 第 3 章

方逢源看著副駕駛窗外流瀉而過的霞色，艾佛夏說得沒錯，這一帶風景確實很美，方逢源沒來過溫泉區，眼見汽車掠過一間間高級旅館，華燈初上、夜風涼爽，天氣好到連星河都隱約可見。

但方逢源卻無心欣賞，他像個被綁票的人質一樣，頻頻撥弄著他的水鑽手機。

生不逢源：抱歉小時，我今天晚上有工作，不回去吃飯了，有可能會過夜。

左右逢時：?!

你又約砲？跟上次那個在演藝圈工作的人嗎？

生不逢源：……就說是工作不是約砲了。

嗯是同個人。

左右逢時：哇靠，你真的暈囉？

能讓我老哥這種性冷感的人願意被帶出場兩次，到底是什麼等級的天菜？快拍他的照片給我！

生不逢源：我才沒性冷感。

對方付我三倍價格，讓我去山上陪他看夜景，我很難拒絕。

左右逢時：只看夜景？

生不逢源：還有泡溫泉，去溫泉旅館。

左右逢時：啥？溫泉旅館？那跟約砲有什麼兩樣？

生不逢源：給我向全溫泉區的旅館道歉。

左右逢時：所以安全嗎？對方不是變態吧？會不會拿電鋸分屍你之類的？

生不逢源：……應該不是。

# 這麼可愛一定是男孩子

左右逢時：那就好，我相信哥的眼光，等你回家分享初體驗喔！

「這裡風景不錯，下車看看嗎？」

艾佛夏的嗓音突然傳進耳裡，嚇得方逢源差點把手機摔飛出窗外。

他抬頭一看，艾佛夏不知何時已拔下墨鏡，雖然這地方光線昏暗，但光是夜色裡隱約透出的深邃輪廓，就讓方逢源看得一陣呆滯。

……明星這種生物，真的很要命啊。方逢源忽然能理解為何妹妹對演藝圈這麼熱衷了。

艾佛夏帶他到一處亭子，方逢源看一旁的告示牌，那是給人泡足湯的。他幼時曾跟著爸媽巡演，去過一次日本，溫泉街裡就有這種設備，沒想到國內也有。

方爸方媽離家後，方逢源就很少出來玩，多數時間都在掙錢養活自己。

時值晚間十點，公路旁靜無人聲，只有他和艾佛夏兩個。艾佛夏把褲管捲起到膝蓋，露出他那對骨節分明、充滿力度的小腿。

方逢源也學著他的樣，捲起白長褲，把足趾浸到熱燙的溫泉水中時，還縮了下，發覺艾佛夏瞅著他笑，禁不住臉熱。

「那、那個，您都自己開車嗎？」方逢源覺得自己得負責找點話題，否則枉為伴遊。「我還以為明星都是，呃，有人幫忙開車之類的，像是經紀人？」

他看了眼停在山坡上那輛保時捷，剛才司機本人一路飆車，方逢源連回訊給妹妹都被離心力搞得一直按錯鍵，或許這位明星並不如外表那樣溫文儒雅。

「你說Mountain嗎？平常是會給他載沒錯。」艾佛夏單腳浸到溫泉池裡，單腳抱著膝。「但Mountain要是知道我在這種時候還帶人出去玩，肯定會關我禁閉，搞不好還會找條鍊子來把我鍊在家，還是別勞煩他老人家好。」他像個孩子般苦笑。

方逢源想起在維基上看到艾佛夏的年齡，這人也不過大自己六歲多，只是他出手土豪又舉止大氣，讓方逢源有時會忽略他和自己一樣是年輕人。

「喝點小酒嗎？」

艾佛夏把一小罐玻璃瓶遞給他，是日式的清酒，倒也應景。

「我還要開車，就免了，如果這時候再出酒駕之類的醜聞，Mountain真的會殺了我。」艾佛夏又笑說。

方逢源不便拒絕，他接過酒瓶，小心地撕開封口，先禮貌地啜飲了一口。入喉甚烈，方逢源忍著沒嗆咳出來，但臉已憋紅了。艾佛夏用一種主人看小狗的寵溺眼神望著他。

「我可以問你的本名嗎？」艾佛夏忽問。

方逢源怔了怔，艾佛夏說：「如果不方便的話沒關係，我只是好奇。」

方逢源潤了潤唇，「我姓方，叫逢源。」

艾佛夏一愣，「逢源？左右逢源的那個逢源？」

方逢源「嗯」了聲，「字也一樣。」

艾佛夏笑說：「原來如此，所以你才叫自己『小圓』嗎？」

他頓了下，又說：「我本名是艾莫，就是愛莫能助那個莫。」

這個方逢源倒是知道，維基上有寫。

「那為什麼藝名是艾佛夏？」他好奇地問。

「喔，因為我英文名字是『Averson』，那時候剛從法國留學回來，我爸要我取個好記又響亮的新藝名，好和童星時期做區隔，我以為這個維基上有寫。」

艾佛夏望著他笑，方逢源禁不住臉紅。

「本來是想直接取英文音譯『艾佛森』，但我爸說『森』給人陰暗感，藝人還是陽光點好，就改成夏天的『夏』。啊，這個維基上沒有喔，是獨家情報。」

方逢源問：「你父親跟你，關係很好嗎？」

「說不上好不好，他很忙，能陪我的時間很少。但我滿崇拜他的，他是個很厲害的人，我最初是因為他，才決定當演員的。」

「不是因為你母親嗎？」方逢源問。

艾佛夏搖頭，方逢源見他始終平靜無波的眼神裡，竟閃過一絲墜落般的動搖。

「路蘭女士太遙遠了，當過演員的都知道，她的才華不是正常人能夠企及的，我很崇拜她，但不會拿她當目標。」

方逢源一時想不出如何回話。在這種深山裡，和一個傳說級的明星肩並著肩泡腳，聊著彷彿《壹週刊》上才有的情報，讓方逢源有種強烈的不真實感。明明在一個月前，方逢源連艾佛夏是圓的還扁的都還不知道。

「你的腿好白啊。」艾佛夏說，視線定在他光裸的小腿上。

方逢源耳根發熱，方才的酒意湧上來，又讓他略感得意起來。

要說他全身上下花最多功夫的地方，莫過於他這雙腿了。

為了不讓腿亂長肌肉，方逢源精心鍛練過，瑜珈橋式什麼樣樣來，每天晚上還必做精油SPA。他對腿部肌膚保養也十分在意，他自製除紋乳液，用磨砂膏去角質，有時還用面膜包膝蓋睡覺。上回方逢時端熱湯時，在他小腿上燙了個印子，方逢源還心疼地哭了一整天。

先前那個戀腳癖的客人，也對方逢源的腿大讚特讚了一番，方逢源平時也以穿迷你裙露大腿為榮。

「連細毛都沒有。」艾佛夏那張俊臉湊近他的小腿，語氣帶著驚嘆，「我工作的時候，視需要也會除毛，但做不到這種程度。」

他忽然壓低嗓音問：「……可以摸嗎？」

方逢源口乾舌燥，勉強點了頭，「嗯。」

艾佛夏把手浸進溫泉池裡，握住他的腳踝。

說起來，這是艾佛夏第一次主動觸碰他的肌膚，掌心厚實中帶著細緻的觸感，讓方逢源渾身一顫，不自覺抽直了足趾。

艾佛夏的摸法意外的老司機，他一手托著他的腳踝，一手順著他的小腿往上滑，把他半裸的腿撈出水面。

溫泉水淌下方逢源的腿線，艾佛夏著迷似地盯了一陣，竟把唇貼了上去，在方逢源無一絲瑕疵的肌膚上磨蹭。

「艾……」方逢源足趾縮了下。

艾佛夏托高方逢源的小腿，彎身下移，唇肉順著小腿弧線，一路滑下至方逢源的膝窩。

方逢源感覺到艾佛夏唇齒間吐出的熱息，撞在敏感的肌膚上。

他呼吸變得急促，方才飲下的酒水順著血液，從方逢源的喉口，一路燒灼到心口。上回旅館裡那些糟糕畫面一幕幕湧上心頭，讓方逢源完全招架不住。

艾佛夏把方逢源的褲管褪到膝上，一路吻進他大腿內側，即將碰觸到兩腿間隆起的重要部位時，方逢源總算有氣力出聲。

「等、等一下，艾先生……」

他腦子裡不知為何又浮現昨晚在網路上看到的，艾佛夏性虐的那些新聞。那些繪聲繪影的文字和照片，像漩渦一樣，席捲了方逢源的感知。

他忽然覺得恐懼，彷彿代換成了八掛雜誌中的那個女人，他看見艾佛夏站在他面前，手持皮鞭，用低沉的嗓音對著他罵：『賤女人。』

「等等，艾先生，艾佛夏先生，那裡、不行……」方逢源開始掙扎。

艾佛夏的唇停在他大腿和鼠蹊的交接處。

「真的不行？」他嗓音沙啞得嚇人，還瞥了他的褲襠一眼。

方逢源盡力拉緊理智的封鎖線，「不行，真的、不可以。」

艾佛夏表情略顯失望，但還是鬆開方逢源的腳踝。

方逢源如獲大赦，他抽回腳，飛快插回溫泉池底。

他背過身，縮著身體，心跳和呼吸都快得驚人。

他知道艾佛夏一定注意到了，方才那一撩撥，他的小小源早已起立致敬，硬邦邦地抵著他的肚腹。

方逢源有點後悔今天穿了緊身褲，早知道就穿裙裝來了

好在艾佛夏沒讓空氣尷尬太久。

「你平常都戴假髮嗎？」艾佛夏望著他身後的長辮。

方逢源努力平復著呼吸。

「啊，是。我有留過一陣子長髮，但後來發現保養起來很麻煩，我遺傳我媽的髮質，容易乾澀斷裂，還有點自然鬈，不如剃短好整理。而且現在假髮比以前進步很多，人造絲可以做到跟真髮相仿，不管是編髮還是染髮，都不用擔心傷害到頭皮。」

講起打扮經，方逢源就變得健談起來，緊張感也緩和許多。

「這樣，所以你實際上是短髮囉？」艾佛夏盯著他紅透的耳殼，「真想看看你原本的樣子。」

方逢源沉默了一下。

「這就是我原本的樣子。」他說。

艾佛夏笑說：「不，我是說，你男裝的樣子。雖說你女裝也很美，但還是會想看看你完全不打扮的模樣。」

「恐怕沒辦法，我不喜歡素顏見人。」方逢源壓抑著聲線。

「啊，抱歉，我是不是說了什麼白目的話？」艾佛夏忽然醒覺，「對你們這種人而言，說想看你男人的樣子，是很失禮的吧？」

「『你們這種人』？」方逢源擰眉，「……什麼意思？」

艾佛夏囁嚅著：「就是、唔，想當女孩子的人。」

方逢源捏緊了擱在溫泉池旁的酒罐。

「……我是男的，我以為每次工作之前，都有說得很清楚了。」他說。

「我知道，你是避免爭議吧？放心，我很清楚你身體還是男的，但我想尊重你的想法，如果你希望我以女性的方式看待你……」

「我從來沒有想當女人。」方逢源難得打斷他的話。

他閉了下眼，想像平常一樣緩和情緒。

但不知為何，或許是方才那些衝擊，又或者是夜景太美，他酒又喝多了，方逢源竟怎麼也平靜不下來。

「我是男的，從出生那刻就是，以後也一直會是。我其實也沒有刻意要穿女裝，是你們稱呼這些為女裝，我只是穿我覺得好看的衣服，一直以來。」

# 這麼可愛一定是男孩子

艾佛夏這下是真的愣住了。「但你穿裙子，還有長頭髮……」

「我沒有每次都穿裙子，裙子只是我喜歡的裝扮之一，你剛才還差點扒了我的褲子，艾佛夏先生。」

方逢源腦子一團熱，即便知道對方是客人，還是出手特別闊綽的金主，但方逢源還是停不下來。

「留長髮的男性也很多，我妹是女的，但我從沒見她留過長髮，她也不化妝，世界上有很多女性既不留長髮也不化妝。」

艾佛夏有些結巴，「但你、喜歡男性……」

「我是男同性戀，我在伴遊基本資料上寫得很清楚，還用紅字加底線，我以為您是確認過這點才會約我的。這跟我的裝扮也無關，我穿裙子還是褲子，跟我喜不喜歡男人一點關係也沒有。」

艾佛夏忙說：「抱歉，因為你的外表實在太像女孩子了，加上你刻意說你沒有經驗，在床上也表現很青澀，我還以為你是以女孩子的角度在看待我，呃，我是說……」

或許是方逢源的臉色越來越難看，艾佛夏自主停住話頭，一直以來優雅又游刃有餘的他，此刻竟顯得有些慌亂。

「……我要回家了，我妹還在家裡等我。」方逢源生硬地說：「多加的錢我會匯回去給你，謝謝你這幾次的照顧。」

他從溫泉池邊站起來，把褲管捲回踝邊，匆匆穿上厚底涼鞋、繫好綁帶，艾佛夏忙跟著他站起。

「等一下，小圓，這裡是半山腰，這麼晚了，至少讓我送你下山……」

他伸手去搭方逢源的肩頭，但方逢源卻側身避開了。

「不必了，我自己會走下去。再見了，艾先生。」

「唉娘喂，方小時，妳輕點、輕一點啊……」

方逢源趴在自家枕頭上，潮溼的短髮塌塌地貼在耳殼旁。

他上身赤裸、露出精瘦的上半身，下半身只著了一條男用四角褲，四肢癱軟地橫陳在妹妹身下。

「你不要亂動啦，這樣膝窩的撒隆巴斯貼不起來好嗎？」方逢時抗議道。

「好痛……痛死我了……」方逢源痛苦地呻吟著。

「誰叫你要走那麼長的路，還穿高跟鞋，真是瘋了！跟約砲對象吵架就算了，誰讓你賭氣從溫泉區走到捷運站啊？」

「……就說了我沒約砲，而且那是厚底涼鞋，不是高跟鞋。」

「在我看來都一樣啦！結果錢也沒賺到，還賠了一雙腿，我怎麼會有你這麼愚蠢的哥哥？」

方逢源沒有反駁，他把素顏埋進枕頭裡。

「我本來是有想叫計程車的，但是那時間根本叫不到，Uder又很貴。嗚，妳不要說了，我知道錯了……」

那天方逢源才走不到十分鐘，就開始後悔了。

他本是一頭熱，乘著氣頭才丟下金主離開，但殘酷的現實立刻叫醒了他。

荒山野嶺的溫泉區，又是三更半夜，別說公車，連個鳥影也沒有。方逢源查了一下Google地

# 這麼可愛
# 一定是男孩子

圖，走到捷運站要一小時又二十分鐘。

但礙於脾氣是自己發的，再回頭去請對方當司機實在太沒格調。

他本來有一絲期待，覺得艾佛夏可能會擔心他安危、開車來找他，到時他就有臺階下。

但事實證明一切都是小伴遊痴心妄想，想來也是，這麼一個大明星，紆尊降貴地花三倍價格來請他看星星，卻連大腿也沒摸，就被他丟包在泡腳池邊，沒請律師團來告他詐欺就很不錯了。

他走得雙腳痠疼，中途還跌了一跤，弄髒白褲子。更糟的是走到捷運站時，才發現捕夢網耳環掉了一只，這是他上週才下單的發燒韓貨。

他匯回三萬塊伴遊費時肉痛得要命，還一度想要不要按已服務時數比例扣減。但聲都已經嗆了，方逢源也怕被吉，最後還是乖乖全數奉還。

「……所以，那傢伙到底說了什麼，連你這麼軟爛的人都能惹火？」方逢時一邊幫他按摩腳踝，一邊問：「罵你是沒屌脬(陰囊)的娘砲、明明是個變態還自以為比女人還美、自鳴得意有夠不要臉之類的嗎？」

方逢源實在沒有力氣再跟妹妹鬥嘴，只能狠瞪她一眼做為代替。

他茫然看著桌上電腦，螢幕顯示著「等待中」的直播畫面。

他也不明白自己為何會如此惱火。確實如果艾佛夏只是說他娘娘腔，說他婊子、人妖，這在方逢源的人生中太常見了，根本都BGM了。方逢源連眉頭都不會多皺一下，視情況還能當作是稱讚。

但那個人卻擺出一副了解他的樣子，說方逢源是「你們這種人」。

『對你們這種人而言，很失禮吧？』

『我想尊重你的想法，我想用看女人的眼光看待你。

『你不是想當女人嗎……？』

方逢源用手臂遮住光源，或許是艾佛夏那些話，讓他把自己和某個拋家棄子的男人重疊，才讓方逢源無法忍受。

……但也不到把三萬塊丟到水裡的程度，方逢源在書上看過「腸子都悔青了」這種說法，覺得作家真是太會形容了。

不論如何，艾佛夏是絕不會再找自己伴遊了，方逢源想。

這樣也好，方逢源其實有點害怕，不單是艾佛夏那些傳聞，方逢源更怕的是自己。

再多見面幾次，再被他那雙帶金芒的眼眸凝視，被那雙唇親吻大腿，被那種蠱惑人心的嗓音叫喚的話，方逢源不確定自己還能否維持冷感的人設。

「是說你這樣子，還能夠開方糖的直播嗎？還是要暫停？」方逢時問他。

「上回已經無預警停播一次了，老是停播的話，訂閱數掉了就不好了。」方逢源拍了拍臉，提振精神，「再說今天只是遊戲實況，不是唱 cover，也不需要講太多話，應該還好。」

「那就好，我可是方糖的娘，你別把我孩子帶壞了啊！」

方逢時滿臉愛意地看著電腦螢幕上馬尾女孩模樣的動圖，那是她替方逢源的直播臺繪製的夏季新皮。

「諾亞方糖」穿著亮麗的削肩洋裝，頭上髮飾一樣是招牌方糖，裙襬上也有一顆顆糖果，可愛到方逢源沒事就會開攝影機 catch 起來擠眉弄眼。

開始虛擬主播的工作，是約一年多前的事。

去年方逢源姑且在方媽堅持下上了大學，雖說是三流學校，方逢源也大多沒去上課，因為覺得麻煩，得一直跟同學解釋自己是男的，乾脆放棄社交。

# 這麼可愛一定是男孩子

方逢時則自始沒有升學的意願，她從國中就開始畫插畫，後來還自己接案。

以方逢源所知，「左右逢時」在網路上是超級大手，一堆人跪著捧錢排隊等方逢時的委託，有時方逢時一個月收入，比方爸方媽當年加起來都還多。

大約在一年多前，有位個人勢的虛擬主播來委託方逢時幫忙捏角色、設計動態模組，也讓方家兄妹一頭栽入了這個世紀大坑。

總的來說，虛擬主播就是由繪師製作虛擬的二維人物形象，再利用科技捕捉真人主播的臉部細節，使虛擬人物和真人主播可以同步動作，這種介於二次元和三次元間的創作活動。

「諾亞方糖」，便是大手方逢時以親哥哥為靈感，親筆造就的虛擬人物。

方逢時靠著插畫賺來的錢，下重本買了設備、換了高速網路，順手推方逢源下海，自己則擔起行銷經紀的工作。

事實證明方逢時確實有生意頭腦，開臺一年餘，設備成本基本就回收大半，訂閱數在上個月剛破了六千，還在持續增長中。

方家兄妹以方逢源為藍本，從一開始便將「諾亞方糖」的性別設定為男，在女裝外觀上，還加入了許多巧思，例如不經意露出的腿毛，或是太早直播時，會有鬍渣出現在方糖臉上等等。

「諾亞方糖」在方逢時推特上公布出道時，還引起一陣騷動。

「這是偽娘嗎？還是扶他？」

「這怎麼聽都是個女的吧？中之人真的是男生嗎？」

「又一個畫女硬說男，畫技不行就要承認。」

「偽娘讚！只要可愛我都行，反正她又不會掀裙子給我看。」

方逢源遺傳了母親的嗓子，聲線柔軟度高，能自由切換女聲男聲，且男聲磁性女聲溫和，連方逢時都說「只聽聲音的話會想嫁給老哥」。

而且不必露臉，讓方逢源可以不用化妝、不花時間保養、不費心思套絲襪戴假髮，也能以喜歡的樣子出現在人前，對他而言簡直新世界。

「哇，直播都還沒開始，這個『黑糖佛卡夏』就已經開始斗內了喔？」

方逢時看著他待機中的聊天室，螢幕每隔五分鐘就跳出「黑糖佛卡夏　贊助了您　$100.00元」的訊息，下方則是「晚安方糖」、「黑糖已熬好」等等留言。

「他真的很死忠耶，我記得他從一千訂閱左右就開始追蹤你了吧？而且每次直播他都在線上，連上班時間也是，八成是哪個有錢又有閒的富二代吧？」

方逢源看著聊天室的醒目黃框，不得不說這傢伙也確實讓他好奇。雖說粉絲裡有不少死忠的人，會灑幣的也不在少數，但像「黑糖佛卡夏」這樣，每次斗內都百元起跳，方逢源唱cover曲時，還動輒斗內到上千元的，仍屬罕見，連聊天室都奉他為「方糖親爹」。

上次方逢源放了一首徐佳螢的〈身騎白龍〉cover，他還一口氣斗內了五千元，下面齊聲喊「感謝daddy讓我們有好歌可聽！」、「親爹TSKR！」。

他也擔心對方是否是狂粉，不少虛擬主播都會被私訊騷擾，有些對女裝男反感的人會拍屌照給他，或在聊天室刷些令人毛骨悚然的發言。

但這位「黑糖佛卡夏」從不曾私訊他，也沒撕皮或是性騷擾的傾向，聊天室有粉絲罵他難聽話時，黑糖佛卡夏還會幫忙教訓，用會員限定貼圖把發言洗下去，避免破壞直播氣氛。就這點而言，方逢源還滿感激他的。

雖說這人常會問一些頗為哲學性的問題，像是「方糖認為公眾人物的定義是什麼呢？」、「如果貓和狗同時掉到水裡，你會想救哪個？」，或是「方糖覺得有人設就是騙人嗎？人應該以真面目示人嗎？」

但總的來說，肯給錢、黏著度高，又富有正義感的粉絲，方逢源還是十分珍惜，也不只一次在直播中給他特別的粉絲福利，甚至寫過私訊感謝他。

「不過這個黑糖佛卡夏，好像也是艾佛夏的粉耶！」

方逢時的話讓他一驚，現在方逢源最聽不得的就是這個名字。

「跟艾佛夏有什麼關係？」他粗暴地問。

「最近不是很多艾佛夏的新聞嗎？直播主裡頭也有不少討論演藝時事的，佛卡夏都會跑去留言區找人吵架，我是有次點他的ID發現的，你看。」

方逢源湊過去看，那是個專門在檢討藝人的YT頻道，直播主一直痛罵艾佛夏是女人公敵、應該退出演藝圈之類的。

下頭留言也一面倒地附和，把艾佛夏罵得像是什麼淫亂惡魔一樣。

黑糖佛卡夏（54分鐘前）：你跟艾佛夏這麼熟喔？

（52分鐘前）：你是他什麼人？他爸還是他媽？還是妳又是他另外一個前女友？

（50分鐘前）：女的出來說被打被虐待你就相信她？你都不會用自己腦子想一想？

看來你跟那些女的一樣無腦嘛！

如此偏激的言論當然引來網友圍剿，有人說他「又一個無腦狂粉」、「你也打你女朋友是不是」、「什麼樣的主就有什麼樣的奴才」，幾乎一面倒。

但方逢源看這個黑糖佛卡夏心靈十分堅韌，非但不氣餒，還越戰越勇。

黑糖佛卡夏（45分鐘前）：啥？暖男形象崩塌？艾佛夏有叫自己暖男過嗎？

還不是你們給他硬加的人設！

（42分鐘前）：什麼叫他用好好先生形象賺錢，好好先生是艾佛夏演的角色吧！角色和本人都分不清楚，你要不要回去重讀小學？

（25分鐘前）：路人轉黑？既然是路人，你有沒有轉黑很重要嗎？沒人關心你的意見喲^_^

＊＊＊

方逢源不禁咋舌，諾亞方糖剛出道時，也不乏在虛擬主播論壇黑他的人，像是說他是假偽娘，其實根本是女的，只是為了炒話題才裝成男人。不然就說他聲音很難聽，說他是變裝皇后之類的。

方逢源知道這種網路言論，越反駁只會越炎上，有些人就只是想跟風當酸民，再不就是想看到血流成河，跟沒名字的人認真一點好處也沒有。

但這黑糖佛卡夏不知道是多喜歡艾佛夏，不管被群嘲多少次，還是堅定立場，連那種謾罵廚也都一個個tag起來回擊。

看他回應的時間，根本就還在線上，料想是一邊等自己開臺，一邊舌戰群雄。

方逢源還看到有酸民在下面質疑他。

「這麼忠心護主，你該不會其實是艾佛夏本人吧科科。」

方逢源不禁失笑，若是在見到艾佛夏本人前，他可能還會這麼懷疑。

但那個人如此雲淡風輕，如此優雅大方，就連在床上盯著他雞雞看時，眼神彷彿都在望著彼方，方逢源覺得他比虛擬主播還要不像真人。

像這樣的人，對這種無腦酸民留言，肯定是一笑置之，船過水無痕吧？

不，方逢源覺得他可能連上網刷文的心思都不會有。

想到這裡，方逢源竟忽然悵然若失，為了那個再也碰不到的人。

# 這麼可愛
# 一定是男孩子

他又看了眼「黑糖佛卡夏」現在進行式的留言，打開了麥克風。

「各位小螞蟻們，good night～諾亞方糖爹斯！今天也攝取很多糖分了嗎？今晚就讓我們一起來玩個同樣糖分很多的遊戲……」

男人走向坐在鐵椅上吹著冷氣，戴著墨鏡、蹺著大長腿，一手還全神貫注撥弄著手機的艾佛夏。

「……Averson，你馬上給我滾過來！」

「等一下，茂山哥，現在剛好諾亞方糖開臺了，先讓我發個晚安斗內。哇，今天換夏季新皮耶，也太可愛了吧！露肩小洋裝超棒的……」

男人走到他身後，他西裝筆挺、染著金色短髮、戴著銀框小眼鏡。雖然如此佯作斯文，男人的體格還是氣勢驚人。

他高了艾佛夏足足兩顆頭，手臂青筋暴起，飽滿的大胸幾乎透出白襯衫，用滿臉橫肉形容也不為過。

如果不是出現在攝影棚這種地方，會以為他不是現在炎上到起飛的演員、艾佛夏的貼身經紀人韓茂山，而是哪來的蛙人教練。

「你再不把手機關掉，Averson，我現在一通電話停掉你所有信用卡，你就準備回去跪求艾導演收留你，你信不信？」

韓茂山從他身後一把抽起手機，艾佛夏忙從鐵椅上跳起來。

「不，Mountain，求求泥手下留情啊啊啊！」他猶如玩具被家長沒收的小孩。

他剛結束時尚雜誌封面的拍攝，那是搭配來年春季上架的OTT平臺Nestflix新劇《惡警捉迷藏》宣傳而拍攝的。

艾佛夏預定出演一個為死去女友復仇的菁英警察，和年輕女警拍拖。合作的攝影師遲到，拍攝完後又拉著艾佛夏攀談，一副要從他這裡套問八卦情報的模樣。

艾佛夏擺出職業笑容應付，但內心的焦躁卻水漲船高，因為諾亞方糖今晚的直播是六點整，而結束拍攝時已經五點四十五分了。

好不容易擺脫攝影師，艾佛夏連拍照用的警服警帽都沒脫，迫不及待地在休息室裡打開直播頻道。

於是韓茂山進門的時候，看到的就是個一百八十公分高、身材比例近乎完美的大帥哥，穿著漿挺的刑警制服，手肘枕在桌上、臉幾乎埋進手機螢幕裡，一臉痴漢笑著的自家藝人。

「……我講過至少兩萬次了，不准再用私帳去回覆網友留言。」

韓茂山滑了下艾佛夏的私人手機，雖然已經很習慣自家藝人的幼稚程度，但看到那一整排媲美幼兒園小班的筆戰記錄，韓茂山還是忍不住扶額。

「沒差吧，他們又不會知道這是我本人。」艾佛夏說。

「……網路上龍蛇混雜，閒人也很多。萬一有高手查到你IP報給媒體，到時候事態更難收拾，你如果管不住自己的手，手機就讓我沒收。」

他拎高艾佛夏的手機，後者不服氣地嘟嘴。

「但是Mountain～你看那些人！那些話！有的人根本連我的戲都沒看過，怎麼可以這樣講我啊？這些人良心都不會痛的嗎？」

韓茂山嘆息。

「你是藝人，是公眾人物，公眾人物被批評是理所當然的事，我也跟你說過不需要去看那些留言了，我會幫你處理。」

「不是啊，他們要批評我可以，我總可以反擊吧？更何況這些人講的沒有一句是實話，總不能讓我一直憋著，會憋出病來啊！」

艾佛夏一臉苦情，這樣一個俊秀青年打起悲情牌，還是從小擅長苦情戲的童星，真有幾分惹人同情。

韓茂山神色不善，卻在心底暗暗鬆了口氣。

自家藝人向來是這種性格，可能是從小就出道、在成人世界生存的緣故，艾佛夏自己調適了一套切換機制。

在人前、鏡頭前的艾佛夏，人設近乎完美，就是個好好先生、完美男神，誰都看不出半點破綻。

而在熟識的人面前，艾佛夏則完全就是個兩歲半小孩，各種任性妄為，行徑幼稚到常讓韓茂山想把他鍊在狗籠裡善加調教的程度。

也因為這樣，韓茂山從不必擔心艾佛夏的心理狀態，他懂得找地方釋放壓力，懂得表露情緒，懂得讓自己解懷，不像他那身為傳奇演員的母親。

「公司會開記者會，到時候會讓你按公關稿澄清，在這之前先忍著。」

但韓茂山自然不會在面上表現出來，避免兩歲半小孩得寸進尺。他不再跟艾佛夏糾纏，把一張彩色印刷的A4紙甩在他面前的桌上。

「先不提筆戰的事，你解釋一下，這張照片是怎麼回事，Averson？」

紙上印的是艾佛夏某個粉專的一則照片貼文。

照片邊緣有個戴漁夫帽的青年，背對鏡頭站著，背景是市立溜冰館柱子旁。

大概是拍照的人距離青年有點遠，青年的臉容模糊，加上戴著墨鏡口罩，辨識度頗低。

而站在青年對面、臉被拍得清清楚楚的，是個身著格子削肩上衣、修身白色長褲、綁著高馬尾的亮麗女孩。

「這個人是你吧？」韓茂山指著照片裡的青年。

「又沒拍到臉，我也不太確定這個是不是我耶。」艾三歲吹口哨。

「你帶著年輕女孩子到公眾場合，還是在這種非常時期，到底是在想什麼？嫌公司公關還不夠頭痛嗎，Averson？」

韓茂山交抱著雙手瞪視著他，艾佛夏忙說：「不不，他才不是什麼女孩子，他是男的！」

「……你好歹是個演員，說謊也要說得漂亮點。」

「我沒說謊！是真的！」艾佛夏大聲抗議：「我說他是女的，他還跟我生氣，丟下我一個人跑了，你都不知道我有多委屈！Mountain你要相信我，他是帶把的！」

「……」

韓茂山狐疑地再檢視一眼照片。也算是自家藝人運氣好，因為拍攝角度的關係，女孩把艾佛夏的身形遮了大半，才讓照片無法辨識出艾佛夏的五官。

若不是鐵粉，應該是認不出來，八卦雜誌也無法採用這種照片。

但女孩的臉容倒是十分清晰，清秀甜美的五官，完美的韓式妝容，穿搭品味也頗有出道藝人的水準。

除了骨架確實寬闊了點，但肩寬的女孩也不在少數，且這人細瘦得可怕，常見的贅肉一處也沒有，要說是男的，以韓茂山閱人無數的眼光還真的是不信。

「我有看過他脫光光的樣子……唔是沒有到脫光，只脫裙子，但他下面真的有那一根，還不小！」艾佛夏繼續抗辯。

「……你跟他上過床？」

「沒、沒真的上啦，只有讓他自慰，是他後來自己要幫我口交的，我本來還跟他約好不碰他的。」

韓茂山倒抽了口冷氣。

「Averson，你……喜歡男人嗎？」他謹慎地問。

艾佛夏「唔」了聲，轉著兩手食指尖。

「我本來只是好奇，畢竟女裝男做伴遊的很少見，我逛的網站很多人都推他，說他很療癒、很有氣質，就想說試試看。但跟他見過兩、三次面後，突然就很想……嘗試一下，沒想到比想像中感覺還好。」

「見過兩三次面？你跟他見過不只一次？」

資深經紀人覺得自己快崩潰了。

「……原來如此，所以不求人的事情爆出來那天，你忽然說想去市區散心，還有信用卡裡那些錢櫃的刷卡記錄，我還以為你是心情不好，一個人去唱歌，結果是帶女人去嗎？」

「就說他不是女人了。」艾佛夏悶悶地說：「而且你不用擔心，他不會再跟我見面了，我說錯話傷了他的心，他現在一定恨死我了。」

那天方逢源負氣離開，艾佛夏被一個人扔在山上。

他坐在泡腳池邊，發了好一陣子呆，還沒能消化自己被甩了的事實。

他從小就是天之驕子，媽媽是傳說級演員、爸爸是金獎級導演，他又把兩個人的DNA好處都撿盡了。

他七歲第一次踏進攝影棚，在導演引導下在攝影機前哭出來時，全場都被他那張精緻如法國洋娃娃的臉蛋震懾，還有助導跟他一起泣不成聲。

演完戲時，所有人都奔向他，摸著他的頭說好乖好乖，說他是天使之類的。

他演了十幾年戲，雖然絕對稱不上一帆風順，黑粉anti也從沒缺席過，但總的來說還是被人捧著愛著的。

特別是女人，艾佛夏這輩子還沒真正被哪個女性甩過。

但那個少年，竟就這麼丟下他，頭也不回。

他等著少年回心轉意，但等了快一個小時，冷風吹得他都打噴嚏了，少年還是音訊全無。

後來艾佛夏只能放棄，獨自開著車，回到只有一個人的公寓。

那之後艾佛夏數次想私訊方逢源，但又不知怎麼開頭。挽回這種事對他來講太過陌生，道歉也是。

何況艾佛夏實在搞不懂自己錯在哪，遑論道歉。

這時韓茂山的手機響了，艾佛夏見他看了一眼螢幕，神色忽然變得凝重，走出休息室外接起電話。

他講了約莫半小時才回到休息室內，望向艾佛夏的眼神充滿複雜。

「……對方決定換角了。」韓茂山說。

艾佛夏一怔，「換角？哪部戲？」

「你現在還剩哪部戲可換？」韓茂山看著他身上的警察制服。

艾佛夏啞然，「現在才換角？但《惡警》不是下下週就要開鏡了嗎？」

「因為主軸涉及男女戀愛，女主角又是找和盧其恩同公司的徐亞莉飾演，對方經紀公司對醜聞有疑慮，和投資人討論結果，最終還是決定把你換下來。」

韓茂山難得毫無家長氣勢，他對著艾佛夏低頭。

「……抱歉，我有試著說服他們，也有請徐小姐那邊表達跟你合作的意願，但還是沒辦法，他們太怕事了。」

艾佛夏沉默片刻，努了下唇。

「喔，還好啦！這不是猜得到的事嗎？徐亞莉也一直跟我抱怨他們老闆很機車了，只是有點意外他們這麼晚才決定，這樣臨時找得到人來接喔？」

「好像說是先拍沒有你的戲分，演員他們有腹案，正在接洽，但這就不是我能夠過問的事了。」韓茂山偷覷了他一眼，「……你還好嗎，Averson？」

艾佛夏聳了下肩，「很好啊，為什麼這麼問？」

「這部戲是你母親……是路蘭女士演過的戲改編的，你一直很期待出演不是嗎？」

艾佛夏從鐵椅上站起，若無其事地伸了伸懶腰。

「沒事啦！反正戲也是改編的，女的都改成男的了，劇情也不像路蘭女士演的時代那麼沉重，等於不同戲了。再說沒能出演也好，省得一堆酸民又在網路上把我和我媽做比較。」

他從椅子上跳起來，扯了下脖子上的領帶。

「那我去把警察制服換下來了。啊，話說，如果確定不演的話，這套制服我可以自己留下來做紀念嗎？」

# Chapter 4

# 第 4 章

方逢源覺得有人在盯著自己看。

方逢源念的視覺藝術與設計學系，簡稱視設系，這週適逢筆試期末考，他不得不久違地履行他大學生的義務。

他穿上全身正裝：綁帶深藍花色上衣、三層蛋糕垂墜感長裙、小牛皮長筒靴，再套上遮手臂用的蕾絲皇家感小外套。搭配清純學生感的日系妝容，方逢源還戴了清湯掛麵式的及肩長直髮，攜帶斜肩水筒包上陣。

方逢源對學校一向沒什麼歸屬感，國中和高中那種充滿規範的集體生活對他來講簡直折磨，幾乎沒留下什麼美好回憶。

他的學校是科技大學改制的，校地不大，從大一到大四，加起來不到一百人。

方逢源從迎新開始就沒有出現，倒是有記得加他們班級群組，只在點名和考試時出席。

即使如此，方逢源第一次出現在必修課堂上時，還是引起了莫大騷動。

他們班代是個看起來很陽光清爽的男性，還特地跑來問他：『呃……你是、方逢源方同學嗎？』他對照著方逢源那張被迫素顏、露耳的證件照。

方逢源坐在教室最不顯眼的位置滑著手機，艾佛夏的醜聞持續發酵中，推播的農場文裡有一半都是和他相關的新聞。

這幾天方逢源在網路上找了艾佛夏的成名作《好好先生》全檔，邊念書邊補。

方逢源以前從不看三次元戲劇，這算是他的初體驗。

《好好先生》拍攝於六年前，由新人導演朱晶晶執導兼製作，從劇本到演員都是一群菜鳥，本來是誰也不看好的戲。

# 這麼可愛 一定是男孩子

故事描寫男主角「古朝陽」，因為長相溫吞、身材又胖，從小被同學霸凌，動輒被差遣去買麵包、留下來打掃之類的雜事，還幫全班抄寫圖畫日記，因此得到「好好先生」這個諷刺的稱號。他長大後人生一樣悲慘，國中時爸爸鼻咽癌去世，大學落榜重考一年仍進了三流學校。出社會後當了科技公司的底層作業員，好不容易交到第一個女友，卻只把他當備胎，當著他的面和另一個男的擁吻，讓他成為全公司笑柄。

女友還笑著對古朝陽說：『反正你是「好好先生」，你會原諒我的對吧？』

這樣的古朝陽，卻有一個始終陪伴他身邊的對象，就是他的隔壁鄰居，青梅竹馬杜小月。

方逢源看到一半時，方逢時進來他房間借洗髮精，發現他在看《好好先生》，滿臉驚喜。

「你在追艾佛夏的劇嗎？你也被他圈粉了喔？」

後來方逢時也坐到哥哥旁邊，兄妹倆一起追起劇來。

杜小月非常照顧古朝陽，也對古朝陽有隱約的好感。

但杜小月家境優渥、成績優秀，且是個正妹，學校裡一海票男生追他。所以古朝陽即使對杜小月愛到較慘死（骨子裡），也只能說服自己只是朋友、跟班，諸如此類八股中帶有點新意的設定。

高中以後的古朝陽就是由艾佛夏飾演，那年艾佛夏十九歲，正是和方逢源一樣的年紀。

方逢源無法否認，在螢光幕裡第一次見到艾佛夏時，那種微妙的震懾感。

伴遊時，或許是對方大了自己六歲，方逢源感覺艾佛夏就像個優雅大哥哥，雖然帥得像尊希臘雕像，但或許就是因為太帥了，反而有種距離感。

戲裡的艾佛夏，卻如此生動活潑、有血有肉，比三次元的艾佛夏還要真實。

《好好先生》被定位為偶像劇，方逢源原本也以為，偶像劇就是俊男美女跟著劇本念念臺詞、談談戀愛，偶爾露點身材給觀眾沙必死，收視率靠吃粉絲基底就能上去。

但《好好先生》顛覆了他的想像。艾佛夏初出場時，在裡面跟「帥」字完全沾不上邊。他穿著鬆垮的脫邊T恤、戴著黑框瓶底眼鏡，化妝師還給他點了麻子臉，方逢源一開始甚至認不出他來。

隨著劇情進行，艾佛夏飾演的古朝陽從猥瑣自卑，到後來找到繪畫這個興趣，漸漸拾回自信。而杜小月喪母、被男人欺騙、工作失利，也讓古朝陽意識到自己非得強大起來，才足以保護心愛之人。

這部分的轉變艾佛夏真的詮釋得很不錯。方逢源不大懂戲，但每回看見古朝陽鼓起勇氣、突破自我，他對這角色的同理就更深一些。

中間有幕是艾佛夏為了給杜小月的前男友好看，找了開個展時認識的設計師好友（女二）幫忙做大改造。

雖是偶像劇的定番劇情，但看到一直蓬頭垢面的艾佛夏，穿了白色西裝、剃著俐落短髮，像天神一般降臨在被賓客霸凌的杜小月面前，將她打橫抱起時，方逢源兄妹都在電腦前發出了小小的尖叫聲。

「這集播出時收視率超高的！我記得那時候國中，班上每個女生都在討論小太陽，都說要嫁給他。」方逢時陶醉地說。

劇情到後半段，杜小月跟母親一樣，得了女主角定番病血癌，病況不樂觀。古朝陽為了她辭去工作，帶著杜小月來到鄉下漁港，一邊畫畫糊口，一邊照看杜小月所剩無幾的人生。

雖說方逢源忍不住想，真病得這麼重的話，應該是去住在離醫院近的地方，而不是跑到鄉下摸魚。但編劇對兩人情感詮釋之細膩，也讓方家兄妹兩人一邊吐嘈，一邊熱淚盈眶。

# 這麼可愛一定是男孩子

劇到了最後一集，古朝陽在杜小月迴光返照時，替她畫了幅肖像畫。古朝陽邊素描摯愛的面容，邊忍不住淚如雨下，全劇最感人的地方就在這。

『對不起啊太陽，對你提出這麼無理的要求。』杜小月虛弱地對古朝陽說。

古朝陽顫抖地拿著鉛筆，對杜小月露出一抹無奈至極，卻也幸福至極的笑容。

『習慣了，畢竟，我永遠是妳的「好好先生」啊！』

劇末古朝陽拿著杜小月的遺容看海，將畫紙撕碎灑進海潮裡時，方逢源和方逢時各拿了一包衛生紙，兄妹倆都泣不成聲。

「艾、艾佛夏好帥喔，雖然很渣，但好帥。」

方逢時擤著鼻子說，方逢源也哭著猛點頭。

《好好先生》播出那年，也是艾佛夏人氣起飛的一年。這齣戲得了各種大獎，最佳新人、最佳劇本、最佳導演，還被翻成數種語言，在亞洲各國播送，還曾一路紅到國外劇展去，很多人都說艾佛夏「不愧是路蘭的兒子」。

而當年飾演女主角的人，就是如今的醜聞女主角，本名盧其恩的女演員Ruka。

戲紅起來之後，Ruka和艾佛夏有好長一段時間都被狂炒CP，八卦小報動輒說他們祕密交往、好事將近，還一度傳出Ruka有了艾佛夏的種。

兩人真被拍到出雙入對，艾佛夏主動認愛時，全網簡直歡聲雷動，都說太陽月亮總算是在一塊了。

卻沒想到事隔不到兩年，卻是這種令人錯愕的結局。

方逢源還在刷新聞，便感到有人朝他走近。

其中一個是那個爽朗青年班代，但班代後面還跟了好幾個打扮入時的女學生，方逢源跟同學實在太不熟，無法確定那些是不是班上的。

「那個，逢源。」班代坐到他身邊的位置上，故作親暱地叫道。

他視線短暫和方逢源那張日系妝容的小臉對上，臉頰竟微微一紅。

「好久沒看到你，你是不是快半學期沒來學校啦？上次連絡你，好像是交音聲學報告的時候了。」班代還寒暄了一下。

方逢源平靜地問：「有什麼事嗎？」他看著那些女同學。

「那個，方同學，請問一下，這個人是你嗎？」

方逢源一愣，那個女同學把自己的平板遞給他，上面是推特畫面，有則推文剛上了熱門，附檔是一張照片，照片上方寫著「『變態先生』找到新目標?!」下方轉推數已經上千。

而那張照片裡的不是別人，正是那天和艾佛夏一塊去溜冰場散心的他本人。

方逢源瞪大眼睛，照片裡的艾佛夏只被拍到朦朧的背影，但他的全臉卻清清楚楚地被拍了進去，解析度還超高。

「啊，這果然是方同學沒錯吧？」女同學在一旁興奮地道，方逢源才知道她們一直在觀察自己，「所以這個人真的是艾佛夏？還是別人？」

「方同學跟艾佛夏認識嗎？」

「我聽方同學的國中同學說過，方同學的爸媽也是演員，是因為這樣才認識艾佛夏的嗎？」

# 這麼可愛一定是男孩子

方逢源看到那篇貼文下方已經一片混亂，起先還在討論背影是不是艾佛夏，但因為艾佛夏被他遮了大半個身體，畫質也太糊，到後面都在討論方逢源。

@unkia（5分鐘前）：這是女的誰？演員嗎？模特兒？

@pafatty16（5分鐘前）：長得挺正的（比心）（比心）（比心）

@NTUR6666（5分鐘前）：都出這種事了，還有女生要倒貼他喔！臺女到底有多無腦啊！（嘔吐貼圖）

@Magretti（3分鐘前）：我知道這個人耶，我在學校裡有看過他！他是男的喲，R大視設系一年級的學生，在我們學校很有名，他都穿這樣來上學

這則推文一出，下面不意外地全炸開了。

@ikeikegogo　回覆給 @Magretti（3分鐘前）：真的假的？這人男的？？？？

@Obama0113　回覆給 @Magretti（2分鐘前）：騙人的吧！我不當女的了啦！

方逢源額角沁汗，以下都是一堆驚嘆號，除了正向的「太正了吧」、「這種男的我也可以」、「戀愛了」，也有不少「噁心的變態」、「離小太陽遠一點」或是「甲甲」之類的謾罵，短短一小時竟刷了數百則。

方逢源還看到有則被頂起來的回推。

@gossipmylife（1分鐘前）：是我同學耶！他姓方，叫逢源，我今天有看到他來學校上課。

附圖是他五分鐘前走進教室的背影，方逢源全身汗毛都豎了起來。

他把平板還給女同學，門口擠了越來越多人，都是看了推特慕名而來的。

方逢源做了一年的虛擬主播，沒人比他知道SNS在二十一世紀有多大力量，既可以把人捧上神壇，也可以將人推落地獄深淵。

他推開那些女同學，班代還叫住他：「等一下，逢源，待會就要期末考了，你要去哪？」但方逢源已經顧不了那麼多了。

他背著斜背包衝出教室，只覺許多人都在看他，在竊竊私語，在議論紛紛。

這種感覺打從他第一次穿方逢時的制服上學後，已經很久沒有過了。

方逢源本想躲進男廁，但裡頭的男學生看見方逢源，發出倒抽一口氣的聲音，火速穿上褲子，逼得方逢源不得不再逃出來。

他拉緊身上的小外套，自己彷彿回到了小三那時，他穿著方逢時的制服裙，走過學校走廊，所有男生指著他哈哈大笑，說他是娘砲、掀他裙子。而所有女生都在掩唇偷笑，傳著小紙條說他是變態。

十歲的方逢源選擇逃到體育教具室，把自己縮在一堆排球旁，直到老師帶著方逢時找到他為止。

方逢源本以為自己已經不用再逃跑了，沒想到事隔十年，他還是那個無處可逃的小男孩。

方逢源一直跑到學校後方的樹林裡，那裡是大學有名的約會盛地，地近宿舍，有個不怎麼乾淨的小水池，夜裡十分熱鬧。

他扶著樹幹喘息，總算擺脫那種被人盯著的感覺。

但方逢源才直起身，手腕就被人從後抓住，嚇得他心臟遽停。

對方一把將他扯進懷裡，伸手掩住了他的嘴。

方逢源又驚又懼，回頭一看，入眼的是熟悉標配：口罩、墨鏡外加漁夫帽，只是不是被拍到的那頂暗橘色，換了低調的黑色。

方逢源聞到從那人掌心傳來熟悉的氣息，腦子一時暈眩起來。

「艾先生……」

艾佛夏依然攬著他的腰，草叢遮著他們兩人的身影，學生在人行道上人來人往，方逢源聽見自己溢出喉口的心跳聲。

「艾佛……艾先生，你怎麼會在這？」方逢源眨著眼問他。

艾佛夏從口袋裡抽出手機，秀了下螢幕，「有人把你的學校名稱和系級在推特上全晒了出來，還拍了你今天的穿著。」

方逢源說不出話來，艾佛夏雙手扠腰，吐了口長氣。

「我想說你應該會非常困擾，搞不好會有危險，所以請Mountain開車載我出來找你，我車鑰匙被他沒收了，否則我現在閒得很，本來想自己來的。」

艾佛夏像小孩子一樣扁了扁嘴，方逢源覺得有些好笑，或許這人真的不如想像中這麼成熟穩重也說不一定。

「那現在……要怎麼辦？」方逢源問。

「我先帶你離開學校，請Mountain把你平安送回家裡再說。」艾佛夏說。

方逢源想說今天是期末考，不過他也不是第一次被當了，現在這種狀況，也不是糾結昨天的書白念的時候。

他看著眼前畫風清爽的艾佛夏。或許是考量到要混進大學裡，艾佛夏今天的穿著格外年輕，白色鑲銀線的落肩款大學T、LEVI'S的牛仔褲，還有愛迪達球鞋，簡直路跑活動的形象大使。

兩人在泡腳池旁不歡而散後，是第一次再搭上線。

方逢源本以為他一生都不會再和這人有交集，特別是看過艾佛夏演的戲後，方逢源有種「哇喔這人原來真是大明星啊！」的距離感，連帶眼前的情景，也格外虛幻不實。

「抱歉，是我的錯，是我不聽茂山哥的話，明知道是關鍵時刻，還這樣到處亂跑，是我連累了你。」艾佛夏似乎也感覺氣氛尷尬，搔了搔頭。「不過不要緊，反正茂山哥說了，這張照片不夠清楚，只要我打死不承認是我，八卦網站也不敢用。這種網路八卦熱度很快就退了……方逢源？」

艾佛夏喚他的名字，方逢源還待在艾佛夏懷抱裡，艾佛夏發現他竟似在發抖，忙重新握緊他手腕。

「你還好嗎？方逢源。」艾佛夏喚他的名字。

方逢源搖頭，強迫自己深呼吸，「沒事，只是想起一些以前的事……謝謝你來找我，艾先生。」

草叢外有人聲傳來，有學生經過，艾佛夏下意識地遮擋住方逢源的身軀。

他遞給方逢源一個紙袋，壓低聲音說：「你先把這身衣服換下來，你的穿著都被PO上推特了，換下來比較不那麼顯眼。」

方逢源愣了下，他低頭看了眼紙袋，裡頭是和艾佛夏同款的帽T和褲子，一瞬間有些掙扎。

但現在處於非常時期，如果再堅持那就是白目了。

方逢源接過紙袋，找了個樹叢遮擋的空間，把小外套脫下來折好，套上帽T，又把長褲套進裙內，把那條蛋糕裙褪了下來。

假髮比較麻煩，為了讓頭髮完全服貼在頭皮上，方逢源用了髮網和墊片，還沿著髮際線別了止扣夾。

這裡沒有落地鏡，方逢源只得憑感覺拆止扣夾，等到全部拆下來，已經花了快十五分鐘。

方逢源本想這樣就好，但他從水筒包裡拿小鏡子照了下，發覺那頭短髮和妝容十分不搭。

方式美學無法妥協，方逢源只得不顧艾佛夏還等在一旁，匆匆拿了卸妝棉出來，拆掉假睫毛，在臉上火速抹了幾下。心中還盤算回到家第一件事就是敷面膜，好補救倉促卸妝造成的皮膚老化。

方逢源把家私（道具）都收進紙袋裡，鑽出樹叢，走向艾佛夏。

「久等了，我們走吧！」

艾佛夏感覺自己的心臟被狠狠撕扯了下。

艾佛夏本以為這樣適合女裝的男人，舉止長相都會有點女孩子氣，就是俗稱娘娘腔，就算換成男裝，大概也會像泰國人妖那樣。

但從樹叢裡走出來的，是個完全顛覆艾佛夏想像的少年。

少年有著與年紀相符的稚嫩外貌，五官固然清秀，大概是常修眉眼，眉毛像柳葉般整齊，少了假髮遮蔽，竟有一絲凜冽冰冷的氣蘊。

少年頭髮剃得極短，鬢邊也往上推，髮色黝黑，底下的皮膚卻白皙得驚人，經過精心保養，白裡還透著粉，卻又不是女性那種粉感，少年的膚白帶點透明，襯上那種凡事無所謂的氣質，讓艾佛夏第一次對男人失了神。

再加上韓茂山替他準備的那身名牌男用套裝，眼前的男孩完全就是個爽朗的運動男模，會出現在運動品牌網站首頁的那種。

「怎麼了?」大約是艾佛夏太過呆愣，方逢源忙看了下自己的穿著，是不是拉鍊沒拉好之類的。

「……啊，抱歉。」艾佛夏連忙說：「這樣應該沒問題，待會我走前面，你跟在我後頭，我帶你去Mountain停車的地方。」

艾佛夏行走過程中，還不停回頭看向方逢源。新裝扮似乎讓他頗不自在，方逢源始終把兩手插在口袋裡，步伐也比平常保守。

路過停車場時，有好幾個女學生停下來看方逢源，艾佛夏聽見其中一個女的說：「好帥喔，哪個系的？」心裡不知為何有點不是滋味。

韓茂山下車來替他們開了車門，方逢源坐進後座，打照面的瞬間愣了一下。

在方逢源的想像中，像艾佛夏這樣的英俊小生，經紀人要嘛像個公務員，不然也是偏斯文的眼鏡男，卻沒想到是這種海軍陸戰隊級的壯漢。

方逢源錯愕之餘，還是不忘禮貌，「您好，我是方逢源，不好意思給您添麻煩了。」他鞠了個躬。

巨漢面色不善，艾佛夏連忙在一旁解釋：「Mountain是在生我的氣，剛才在路旁瞧見你，也沒跟他打招呼就衝下去，跟你沒關係。」

韓茂山狠瞪了艾佛夏一眼，又轉頭打量方逢源。

「……他是照片上那個女孩子？」他問。

艾佛夏說：「就說過兩百遍他是男的了，茂山哥你就是不信。」

韓茂山露出看見沙威瑪在空中飛的表情，在西裝外套裡掏摸半晌，掏出一張名片，雙手遞給方逢源。

「我叫韓茂山，是安古蘭娛樂經紀公司的合伙人，目前負責演員艾莫的貼身經紀，也兼任公司的公關行政組長。」

他先做了自我介紹。

「這次被拍到的事，麻煩你不要跟任何人洩露，也不要在SNS上發表任何言論。無論誰說要採訪你，都請不要接受，如果被騷擾或威脅的話，可以打這支電話連絡我。」

韓茂山指著名片下方的行動電話，方逢源唯唯諾諾地收下。心想原來這才是大明星紆尊絳貴來救他的原因，因為怕他亂爆料，跟那些前女友一樣。

方逢源報了自家住址，韓茂山用Google查了一下，說：「那裡好像沒房子？」

方逢源有點尷尬，他家那幢奇葩鐵皮屋當然是違章建築，Google地圖上固然沒標注，他也不好意思讓艾佛夏他們看見，只報了附近的公園。

但韓茂山不愧是資深經紀人，很懂得讀空氣。

「我知道了，那我就載您到那裡，您自己小心點。」他說。

方逢源還是第一次搭這種藝人的保母車，車內光線很暗，空間比想像中還要狹窄，艾佛夏人高馬大，一坐就占了半邊座椅，和方逢源距離不到一公尺。

他們之前三次見面，都是建立在伴遊和客人間的關係。即使有了親密接觸，也是出於金錢交易。像這樣普通的同室而處，還是第一次。

「那個，您沒事嗎？」方逢源先開了口。

艾佛夏一怔，「嗯？什麼？我很好啊。」

「那就好，因為總覺得艾先生您……心情沒有很好。」方逢源斟酌著措辭，「該怎麼說，有種在忍耐什麼的感覺。」

韓茂山往他們看了眼，表情略顯訝異，艾佛夏也愣了下。

「嗯啊，畢竟發生了很多事，你也知道。」艾佛夏蹺起長腿，「不過還好啦！做這行這麼長時間，早就習慣了，反正Mountain也說，熬過這陣子就好了。」

方逢源猶豫良久，才說：「如果說，你還有需要人陪的話，等期末考過過了之後，我都有空。」

他又垂首，「上次做到一半就跑，是我不對，所以下次不收你錢也沒關係。」

艾佛夏眨了眨眼，方逢源不好意思看他，把臉別過去看窗外。

「……我才應該跟你道歉。」他深吸口氣，「我……那天說了不該說的話，抱歉，因為我是第一次遇到你這種類型的，我是說，我很少跟男性單獨相處，我以前只有跟女人交往過。」

方逢源的臉色微顯不自在，但艾佛夏似乎沒察覺。

「我不知道這麼說會傷害到你，我是無心的。我不是要找藉口，就是……希望你別太往心裡去，我也不會再說你是女生什麼的，再也不會了。」

保母車內再度安靜下來，方逢源抓著膝蓋，艾佛夏則抱著雙臂看窗外。方逢源有感覺韓茂山一直在偷聽他們說話，連綠燈要起步都遲了兩拍。

「你一直、都是這樣嗎？」艾佛夏忽然問他。

「怎麼樣？」方逢源問。

「唔，就是，穿女……穿成這個樣子在外面活動。」

艾佛夏避開了「女裝」兩個字，方逢源不禁一笑。

「嗯，大概從國中開始吧？一開始沒這麼講究，就是戴個首飾、穿條裙子的程度，妝也化得很糟，是後來慢慢研究，才有現在的成果。」

艾佛夏說：「你真勇敢。」

方逢源一怔，「勇敢……？」

「你承受很多異樣的眼光吧？家人就算了，我不知道你家的狀況。但光是同學、鄰居，還有不相干的路人，就夠受的了。人是很喜歡管閒事的生物，越是不干他們的事，他們就越是熱衷，特別喜歡看比他們優秀的人出醜。」

艾佛夏的嗓音裡，帶著陌生的執拗。

「被人討厭是很可怕的，被一、兩個親近的人討厭，就已經夠痛苦了，更何況被成千上萬不相干的路人指著鼻子罵。明知會被很多人討厭，還堅持做自己想做的事，這不是任何人都能辦到的……我覺得你很了不起。」

方逢源眨著眼回過頭來，但艾佛夏神態輕鬆，彷彿方才只是隨口閒聊，但方逢源心跳卻已快得難以隱藏。

「我很喜歡……你那首歌。」方逢源輕咳兩聲，決定轉移話題，「那首〈我要我要我要勇敢做自己〉。」

這首歌的歌名之所以那麼奇葩，是因為那齣《只有六個顏色的彩虹》的主角，除了自閉合併亞斯柏格症候群之外，講話還會口吃。

方逢源昨晚才剛追完這劇。戲裡有幕是主角在學校上臺演講，講題是〈我要勇敢做自己〉。但主角因為結巴，開頭便走縒（出錯），**『我、我今天的演、演講的題目是，我要、我要、我要、我要勇敢……』**引來臺下同學哄堂大笑。

艾佛夏就以此做題目，創作了這首主題曲，也算是相當有sense。

「喔，那首歌啊。」艾佛夏笑說：「你唱得很不錯啊！」

方逢源臉紅，「對不起，我那時候真不知道那是你的歌。」

「但你唱的版本，和我的原編曲不同。」艾佛夏說：「我是先寫了主題旋律，再用編曲軟體混音，我那時候很喜歡Alan Walker，搭了點EDM調性，但感覺你的版本比較民謠風。」

「啊，我有用吉他音聲重新編寫過，把第一主題和第二主題合在一起，再把一些鼓點和電子節拍拿掉，讓它聽起來更柔和一點，畢竟我習慣用女key唱，演唱的時候不知不覺就用上cover時的習慣，抱歉。」方逢源說。

艾佛夏笑說：「又沒有怪你，能聽到這麼好聽的cover，對原編曲人來講是很幸福的事情。」

方逢源好奇，「艾先生也有在玩編曲嗎？」

「大概三、四年前開始學的，一開始是用FL Studio那種比較陽春的，最近才開始學Cubase和Logic Pro，但用最順手的還是水果。」

方逢源感慨，維基百科說艾佛夏是三年前編寫出〈我要我要我要勇敢做自己〉這首歌，那等於剛學編曲沒多久，就寫出了金獎名曲。

這對主做cover曲直播的方逢源來講簡直卡米桑馬，跟學電繪不到三年就推特破萬粉的方逢時有得拚。

「太好了，早知道你也有在玩編曲，之前出去玩時就應該跟你多聊聊的，比吃什麼麻辣鍋有趣多了。」艾佛夏興致勃勃，「對了，我最近買了臺i9的桌機，如果你有空的話……」

保母車忽然煞停，艾佛夏和方逢源都是一頓。

「……方先生，您府上到了。」

駕駛席傳來韓茂山的嗓音，聊得正起勁的兩個年輕人都驚醒過來。

「在超市這頭就好嗎？還是要繞到對面？」韓茂山轉頭看後座。

方逢源才發現不知不覺間，他已靠到艾佛夏身邊，大腿捱在一起，肩也並著肩。

方逢源忙把身體挪開，「在這裡就好，謝謝。」

韓茂山替他開了滑門，方逢源跳下車時，艾佛夏卻驀地抓住他的手腕。

他意外地望向艾佛夏，但對方好似也沒別的意思，甚至沒意識到自己伸手了。

「啊，這身衣服，我洗乾淨之後會還給你。」方逢源拉了下帽T的衣領，「但我不知道怎麼

# 這麼可愛一定是男孩子

還，寄回去經紀公司可以嗎？」

艾佛夏仍舊沒有鬆手。

「不用了，就送給你。何況我們又不是不會再見面，你剛說可以再免費陪我的，應該沒忘記吧！一言為定？」

方逢源怔了怔，有點不確定這人的重點是「免費」還是「陪我」。

但他還是點了頭，輕輕掙動手腕。

「……嗯，一言為定。」

方逢源坐在電腦前，扶正動態攝影機，確認耳麥狀態，深吸口氣，打開了麥克風開關。

「各位小螞蟻們，good night，諾亞方糖爹～斯。

「今天又到了我們cover歌回的時間啦，距離上次歌回已經是一個月前的事情了，今天又準備了很～多新的曲子來跟大家見面喔！」

方逢源看聊天室像瀑布一樣刷起來，那個最顯眼的高額斗內框，果然還是由那位鐵粉占了先機。

黑糖佛卡夏　贊助了您　$500.00元

留言：總算開始啦！等好久了！！

方逢源忍不住莞爾，他湊近麥克風，刻意用低沉的男聲呢喃。

「佛卡夏今天仍然很準時呢，為了這樣的佛卡夏，方糖也準備了很特別的歌單喔！

「今晚的演唱順序是壞樂團的〈他們說我是有用的老年人〉、亞莉安娜&安東尼的〈安家脫衣奶粉〉，還有慣例WADSOBI的〈向早晨奔去〉，也會跟大家聊聊作曲編曲的心路歷程。

「今天直播一樣有開放讓小螞蟻們點歌喔，大家可以把想聽的歌ＡＴ歌回推文後留言給我，我會從中選出一首，現場唱給大家聽～」

方逢源看聊天室又是整排會員限定應援貼圖。而且他每發表一首曲目，那個「黑糖佛卡夏」就斗內一百塊，還幫忙貼曲目資訊和歌詞連結，讓他在感激之餘，也不由得覺得好笑。

網路真是不可思議的世界，明明在現實中，他這種人像過街老鼠一樣。雖然不到人人喊打，但連個期末考都無法正經考完。

但多了一層皮，多了個「諾亞方糖」的面具，竟有這麼多人願意喜歡他，甚至願意為了他，付出寶貴的時間與金錢。

方逢源想起艾佛夏那番話，『我覺得這是很了不起的事』，一時又走了神。

那天回家後，方逢源在客廳撞見妹妹方逢時。

方逢時剛結束一輪地獄趕稿，穿著吊神短褲，像失業在家的大叔一樣半昏迷在沙發上，看見他灰溜溜地進門，立馬瞪大眼睛。

「你怎麼穿成這樣？被搶劫了嗎？」

方逢源說明了原委，但略過艾佛夏載他回家的事。

方逢時馬上問他：「那人真是艾佛夏?!」

方逢源謹記韓茂山教誨，否認說只是很像的人，方逢時這才鬆了口氣，「到底哪個同學這麼惡劣，洩露你情報啊？被我查出來絕對吉死他！」

# 這麼可愛一定是男孩子

方逢源淡淡說：「我跟同學不熟、也沒交情，他們沒必要保護我。」

「不能請推特官方刪除你的照片嗎？」方逢時問。

「還好吧，再說也沒辦法證實那就是艾佛夏。」方逢源說。

方逢時搖頭，「我不是說艾佛夏，是你。老哥，你知道最近Dfool在討論諾亞方糖的事嗎？」

Dfool是國內最大的校園網路討論平臺，很多學生浸淫其中。其中的虛擬主播板人流興旺，多數剛出道的虛擬主播都會去那裡拜碼頭。

「討論什麼？」方逢源問。

「討論你。」方逢時說：「有人在猜你的真人身分。」

方逢源失笑，「這個不是被討論過很多次了？方糖剛出道的時候，就有人在板上說方糖的中之人其實是援交妹，也有人說我在人妖店工作什麼的。而且虛擬主播板不是禁止討論主播的真實身分嗎？」

「對啊，所以被板主制止了很多次，但Dfool那邊你也知道，低能兒一大堆，板主刪不勝刪，還有人開了場外討論串。」方逢時嘆氣，「雖然目前是沒什麼建設性的情報啦！但我怕你要是紅起來，有人會循線找到你，到時候會有危險。」

方逢源臉色一白，但他不願被妹妹看出來，只聳了下肩。

「我是個男的，能有什麼危險？何況被人在背後指指點點這種事，我已經習慣了，完全不構成威脅，妳放心好了。」

方逢時以狐疑的目光看他，「所以那人真的不是艾佛夏？」

「當然不是，妳覺得在網路上約砲能約到安東尼嗎？」

「那就好，要是艾佛夏就是讓老哥你暈船的人，那就完蛋了。」方逢時說。

方逢源想說自己沒暈船，但他又好奇，「為什麼完蛋了？」

「我哥這種中世紀方舟，碰上艾佛夏那種超級戰艦，一定馬上被擊沉啊！到時候沉到海底連屍骸都撈不到，不是他就好，謝天謝地謝謝方家祖宗。」

方逢源看著朝全家福照片膜拜的方逢時，心情複雜。

這幾週他幾乎都在補艾佛夏的作品，從電影到電視劇，從實境節目到綜藝，還上網買了艾佛夏個人演唱會的藍光DVD，每天工作結束後便補檔補到夜深。

艾佛夏十幾歲接演的多數是偶像劇，像是青春校園劇，或是演身世坎坷不良少年等等，一直到《好好先生》後，才開始出演一些劇情片。

平心而論，方逢源覺得艾佛夏的演技不算出類拔萃，雖然看得出來一直有在進步，但終究還不到影帝級的料。

但不知為何，這人在演戲時，自有一股說服力。

雖說每個角色看起來都有點艾佛夏的影子，但只消艾佛夏眼睛一轉、唇角一勾，便會讓人覺得那角色是專為艾佛夏存在，不做第二人想。

方逢源還補了艾佛夏的綜藝檔，身為媒體寵兒，艾佛夏的綜藝通告也接不少。

艾佛夏是烹飪節目《型男主廚到你家》的主持人，方逢源有點意外這人原來這麼會做菜，也是旅遊節目《吃遍寶島》的固定班底。

除此之外，他也常在戲劇宣傳期上一些談話性節目。之前赴日拍片時，還曾上過日本綜藝節目，這些都有粉絲幫忙整理成檔集和精華。

大概是在法國待過的關係，艾佛夏語言能力驚人，母語中文自不用說，英語、法文都很流利，在日本拍戲時還自學了日文。

# 這麼可愛一定是男孩子

方逢源看著自由切換中文、英語和日語與記者對談的艾佛夏，覺得難怪這人可以被粉絲寵上二十年，還聖眷不衰。

他敷著面膜，看著平板裡播放的、艾佛夏去年在流行音樂中心辦的個人演唱會。螢幕上的型男坐在電鋼琴前，戴著耳麥，間或閉著眼睛，陶醉在音樂中，又或對著眼前的立式麥克風呢喃。

**『今晚我們就再來一首吧，為了你們，好嗎？』**

方逢源臉頰發燙，眼角竟不知為何溼潤起來。

他放下平板，腦中試著輪轉了一遍至今為止，和艾佛夏接觸的點點滴滴，發覺自己完全無法將那個溜著冰、吃著聖代，或是盯著他、叫他把腿張開的男人，和平板裡的國民男神連結在一起。所謂雲端之人，就是這種感覺吧？

這才是艾佛夏。這個在螢幕裡，對著記者微笑、朝粉絲揮手的男人，才是真正的艾佛夏。

而他認識的那個，只是鏡花水月，只是大明星遺落的片刻假象罷了。

「不過最近不要跟他扯上關係比較好，艾佛夏最近真是有夠慘，搞不好會就這樣息影也說不一定。」

方逢源微微一驚。「狀況這麼糟嗎？」

「是啊！你知道他被換角的事情吧？就是那齣捉迷藏什麼的。女主角亞莉安娜還在IG上嗆說公司這麼沒誠信的話，她也罷演，但發不到十分鐘就被刪掉了，啊～不愧是我的亞莉，超級講義氣的！」

依方逢時的說法，艾佛夏不單是電視劇，原本在鄉土劇《厝邊隔壁》有客串一個男公關角色，最近戲分也被刪減到零。綜藝節目的固定班底被抽掉，連持續五年的《型男主廚到你家》也被無限期停播。

難怪艾佛夏在保母車上情緒這麼低落，方逢源想著，心口竟微微一擰。

「那齣戲是老戲翻拍，前主演是艾佛夏的媽媽，被換角打擊應該滿大的。我看過一些綜藝節目，艾佛夏說過很憧憬她，他應該很想繼承媽媽的遺志吧！」

「遺志……？」方逢源一愣。

「對啊，你不知道嗎？艾佛夏的媽媽，好像五、六年前吧？在巴黎吞安眠藥自殺，那時候新聞鬧超大……啊，我忘記你不看演藝新聞了。」

方逢源難掩震驚，「那艾佛夏呢？他……很難過嗎？」

方逢時奇怪地瞄了他一眼。

「這我不清楚，但那時候《好好先生》剛開播，艾佛夏當紅，經紀公司也不會允許他休息太久，印象中沒看他特別有什麼表示，可能還好吧？」

方逢源說不出話來。他想到在咖啡館裡，他問艾佛夏是否因為母親的關係才當演員時，那人臉上一閃而逝的失速感。

「他這週六要開記者會，不知道經紀公司會怎麼滅火就是了。但女方舉了這麼多證據出來，連影片都流出了，我覺得艾佛夏這次應該很難翻身。」

記者會是週六晚上八點，方逢源趁著直播空檔看了一下時鐘，他的直播是六點半開始，已持續一個多小時，曲目都唱完了，只剩點播環節還沒進行。

方逢源一邊看聊天室粉絲們瞎聊，一邊偷偷摸了手機出來，點進艾佛夏粉絲專頁，果不其然，所有專頁都在 stand by 記者會直播。

方逢源把手機調低音量擱在案頭，打開推特，卻發現有私訊通知。

黑糖佛卡夏（晚間7:45）：抱歉冒昧DM你。

（晚間7:45）：能請您唱〈被討厭的勇氣〉這首歌嗎？

（晚間7:46）：您的cover數位專輯中有這首歌，但沒聽方糖在直播時唱過，一直很想聽方糖現場唱，我現在也需要這首歌。

方逢源怔了怔，這首〈被討厭的勇氣〉，是艾佛夏〈我要我要我要勇敢做自己〉那張單曲專輯的B面曲，也是〈只有六個顏色的彩虹〉的插入曲。

這首歌也是艾佛夏作詞作曲兼編曲，這人果然是艾佛夏的狂粉。

不過讓方逢源意外的倒非點歌內容，黑糖佛卡夏雖是他的忠實觀眾，但一直以來，對他相當守之以禮。

在聊天室固然遵守規矩，留言也只留他要求的內容，點歌就點歌、許願就許願，從不做多餘的騷擾，更何況DM。這是第一次，黑糖佛卡夏主動和他拉近距離。

他猶豫了一下，決定DM回去，「您發生什麼事情了嗎？」

黑糖佛卡夏良久沒回訊，方逢源有點忐忑，自己再怎麼說只是個虛擬主播，或許不該撈過界，管粉絲的閒事。

黑糖佛卡夏（晚間7:56）：從現在開始，會有很多人討厭我。

（晚間7:56）：我無法阻止那些人討厭我，所以我，想要被人討厭的勇氣。

方逢源還在解讀黑糖佛卡夏的話，擱在案上的手機忽然爆出騷動聲。

記者會開始了。

# Chapter 5

# 第 5 章

韓茂山走到西裝筆挺、斜倚在沙發上，正專注盯著手機的自家藝人身後。

距離記者會開始還有二十分鐘，韓茂山雖然說不上身經百戰，好歹也是帶了十多年藝人的資深經紀人，但也不由得緊張。

畢竟今天至關重大，先前雖已演練過許多遍，他也不擔心艾佛夏的臨場表現。

但輿論風向難測，昔日艾佛夏是被媒體捧在手掌心的寵兒，但沒人比韓茂山更清楚，藝人熱度就是把雙面刃，捧得越高、殺得越狠。

他以為艾佛夏也在緊張，便搭他的肩，「你不用太緊張了，按照公司擬的公關稿發表，加上你的演技，那些粉絲會相信你的……」

他邊說邊覺得有些不對勁，因為艾佛夏竟似在笑，而且是在傻笑。

「啊，今天又有WOASOBI的歌！他的聲音超級適合這個歌手的！對了，來貼個簡介好了，以免有人不知道這首歌有多難……」

自家藝人竟然在追直播，直播主還是頭上掛了方糖的奇妙卡通人物。韓茂山隱約知道艾佛夏對這個方糖人很熱衷，每月信用卡帳單都有近萬元課金記錄。

雖說旗下藝人只要不吃喝嫖賭，韓茂山通常不會干涉他們的娛樂，畢竟藝人是高壓工作，艾佛夏也確實需要紓壓管道。

但這種非常時期，還能夠痴迷於這種虛擬二次元人物，韓茂山一如往常不是很懂這位前國民男神的思路。

「Bonjour，你還好嗎，國民變態？」

休息室的門被人打開，穿著運動洋裝、戴著遮陽帽，有著高大身材、長相亮麗的女孩闖了進來，把韓茂山和艾佛夏都嚇了一跳。

# 這麼可愛一定是男孩子

「徐亞莉……？」艾佛夏看著眼前高她一顆頭的女孩子，「妳跑來這幹嘛？」

「當然是來看你的落魄樣啊！我剛好在附近拍廣告，想說順道過來嘲笑你。」高大女孩笑嘻嘻地說著，見艾佛夏一臉不爽才正容。「好啦，我說謊，我是奉我家哥哥大人之命，特別來關心你的。」

她把一個大紙袋遞到他手裡，「喏，給你的，我哥的心意。」

艾佛夏打開一看，裡頭是滿滿的手工蛋塔，不禁失笑。

「謝了亞莉，也幫我跟安東尼說聲謝謝。」他朝高大女孩點頭。

這人便是艾佛夏從小到大的冤家。二十年前共同演出《天上的星星都到哪去了？》，和艾佛夏結下不解之緣的女演員兼現職YT，藝名亞莉安娜的徐亞莉。

小時候艾佛夏對她的印象，是個嬌小得跟豆丁沒兩樣的女孩。但不知道這些年吃什麼長大，竟長成這種規格。

艾佛夏官網身高是一百八十一公分，徐亞莉還比他高半個額頭。她常跟艾佛夏抱怨接不到愛情劇，因為圈內身高超過她的男演員太少了，大多數觀眾無法接受CP中女人比男人高。

徐亞莉的親哥哥徐安東，藝名是安東尼，和艾佛夏同齡，曾經在法國學廚三年，和艾佛夏待在巴黎時間重疊，艾佛夏因此跟兄妹倆都混得很熟。

安東尼從五年前開始做YouTuber，頻道原先是以製作甜點、介紹北部知名甜點店為主題。

但某集徐亞莉以客串來賓身分，分享自己從童星開始的心路歷程後，竟大受歡迎，頻道名稱也改成「亞莉安娜&安東尼」。

徐亞莉固然是聲名大噪，戲約也接踵而來，包括像方逢時這樣的觀眾在內，不少人還嗑起了骨科CP，連帶徐安東也跟著走紅，還有人找他拍短劇。

「唉，都是你的錯啦，我都已經開鏡了，他們還遲遲找不到男主角，害我得先跟臨時演員對戲。當初拿到劇本時，心裡想像的都是你的機車臉，現在換了人，害我一下子就軟了，根本提不起勁。」

艾佛夏知道她是指那齣《惡警捉迷藏》，他嘆口氣，「抱歉，亞莉。」

徐亞莉瞄了他一眼。

「好啦，又不是真的怪你，我知道你也很難為。但我也能理解Ruka姊這麼做的原因，只能說你們兩個，真是冤家路窄。」

「盧其恩有什麼理由這麼做……？」說話的是韓茂山，他一直站在艾佛夏身後，此時忽然插口，「……盧其恩從頭到尾都在說謊，就是想讓Aversen身敗名裂。」

徐亞莉意外地回過頭，韓茂山壓抑著嗓音。

「《好好先生》是靠著Aversen和朱晶晶導演才走紅的，盧其恩占盡好處。她糾纏Aversen七年，利用Aversen的心軟為所欲為，現在得不到他又打算毀掉他，她有什麼理由這麼做？」

他聲量越來越高，艾佛夏忙用手覆住韓茂山的手臂。

「Mountain.」他低聲說：「……亞莉跟這些事情無關，她只是關心我。」

徐亞莉面色蒼白，但她不愧是資深女演員，連忙開口圓場。

「是我不好，不該沒打招呼就跑來，明知道你們現在是最緊張的時候。」她拍了拍艾佛夏的肩，「我也該走了，Umi在外面等我。我下午還有行程，你好生加油，我會在車上follow你直播的。」

徐亞莉前腳剛走，會場的工作人員便探頭進來。

「韓先生，媒體到齊了，時間也差不多了。」

艾佛夏和韓茂山都起了身，穿上西裝外套，魚貫步向會場。

艾佛夏把手機放進西裝褲袋裡，「諾亞方糖」的直播還在繼續，艾佛夏本來想切掉的，但揚聲器隱約傳來直播主甜膩中帶著磁性的嗓音，讓他實在捨不得。

他在臨行前傳了私訊給直播主，但直播主卻遲遲沒有回應。

不知為何，這個直播主，總讓他想起那個人。那個男孩。

「Averson……？」韓茂山在長廊上回頭看他。

「……他在發抖。」艾佛夏忽說。

韓茂山一頭霧水，「發抖？誰？」

「那個男孩。那天我去他學校找他，從他背後拉他起來時，發現他一直在顫抖。」艾佛夏說著：「他一直到上了保母車，坐在我身邊都還停不下來，只是因為照片被傳到網路、變成矚目的焦點，甚至也不是醜聞，也沒人罵他，就可以讓人嚇成這樣子。」

他仰起頭，吐了口長長的氣。

「Mountain，我都快忘了，我第一次站到鏡頭前的感覺。那種害怕人群、害怕大家的視線集中在我一個人身上的恐懼感……我都快忘了。」

「Averson……」

韓茂山還待說什麼，但艾佛夏已經大步朝著記者會會場走去了。

方逢源屏息看著記者會現場，只見鎂光燈閃個不停，一排人先後走上舞臺。

最前頭的是方逢源不認識的男性，聽介紹是安古蘭的公關主任之類，而隨後出來的，正是那個被經紀人耽誤的海軍陸戰隊長。

臺下一陣快門聲，艾佛夏終於出現在畫面中。

方逢源還是頭一次見他穿得如此正式，白襯衫、黑色西裝外套、漿挺的西裝褲、皮鞋，頭髮也梳得整整齊齊。

雖然沒打領帶，但光是看著，便給人一種近乎窒息的緊張感。

艾佛夏在韓茂山身側坐下，數十臺攝影機、相機鏡頭便全往他的臉集中。

方逢源看直播下方的即時討論，有人說今天到場的媒體，都是經過經紀公司篩選，有信譽且夠大咖的，畢竟開記者會是為了滅火，並不想滅火不成，反成八卦雜誌的餌食。

螢幕上的艾佛夏低眉信目，像是完全不被眼前人山人海的記者群動搖，仍是和他初見面時，那種大明星的餘裕從容。

韓茂山先接了麥克風，「感謝各位遠道而來，也辛苦各位媒體朋友，在寶貴的假日還聚集在這裡。」

現場迅速安靜下來，韓茂山清了清嗓。

「日前女演員盧其恩，在推特及向媒體宣稱我們公司藝人艾佛夏先生，涉及性虐待及家暴行為。艾佛夏因為這件事，工作和心情都受到嚴重的影響，因此公司認為，有必要讓媒體及社會大眾知道真相。」

下頭馬上有記者喊了。

「所以Ruka說的都不是事實嗎？」

「不求人的事，你們今天也會一併回應嗎？」

方逢源看韓茂山轉頭望了艾佛夏一眼，後者點了下頭，任由相機的光河映照在那張英俊的臉上。

方逢源聽見自己喉嚨「咕嚕」了一聲，原因是螢幕裡的艾佛夏忽然睜開眼，掃視了會場一圈。鏡頭特寫在他臉上，前排記者俱都愣了愣，只因這位俊美得不似人間之物的男神身上，忽然散發出一種難以言喻的悲愴氛圍，足以讓方圓五公尺感極落淚。

「……先感謝各位，為了我來到這裡。」

艾佛夏的嗓音有幾分沙啞，他清了清嗓子。

「得知消息後，我最初非常震驚，也非常痛心。

「震驚是因為其恩對我來講，一直是很重要的人，我沒想過她會這樣對待我。而痛心是因為我珍惜她身為女演員的才華，如果因為我的疏忽，導致她不惜做出這種傷害我、也傷害自己的事，那我……抱歉。」

艾佛夏頓了一下，戲劇化地吸了下鼻子。在場的記者似乎都被他的節奏牽動，也跟著換了口氣。

但還是有記者發問了。

「Ruka對你有哪裡不滿嗎?有消息說你劈腿，是真的嗎?」

「那些照片要怎麼解釋?」

韓茂山接過了麥克風，「請各位稍安勿躁，讓我們把話說完。」

艾佛夏這邊似乎總算平復情緒，他深吸口氣。

「關於那些照片，我不知道是從哪裡找來的。但我很肯定，她身上那些傷都不是我造成的，和她交往期間，也一次都沒看過那些傷。」

有個記者立時舉手問了：「Ruka是你女朋友吧？那些照片很多明顯是舊傷，你怎麼可能沒看到？」

這問題十分露骨，方逢源感覺艾佛夏明顯有所動搖，但方逢源卻不明白他動搖的原因。

「……誠如各位所猜測，我和Ruka之間確實有點矛盾存在。主要是我太過忙碌，而Ruka最近狀態不好，她希望我多花時間陪伴她，但我實在身不由己。」

方逢源聽方逢時科普過，盧其恩其實大了艾佛夏兩歲，對男演員來講年齡不算什麼，但對女演員而言，年近三十正是轉換期。

方逢時說，Ruka這兩年戲約遽減，代言也以不續約為多，甚至得到第四臺客串電視購物才能生活。

「我也向Ruka提過分手，但她始終不願意。對Ruka而言，她還希望自己是『杜小月』，但我卻已無法做她的『古朝陽』了。」

這話說得會場安靜下來。眼前的俊美男演員眼簾微闔、神色悲傷，將在場的觀眾都捲入了「好好先生」緬懷逝去女友的那個海灘。

有記者發問：「那影片呢？影片總是你本人了吧？」

「如果你是指『賤女人』那個影片，確實是我本人。」艾佛夏馬上說。

方逢源見記者群一陣譁然，不少人當場傳起訊息來。

「那天Ruka約我出去談，我本來拒絕她，但她說如果我不去就會傷害自己，到時候所有人都會覺得是我的錯，因為我是她男朋友。

「我和她交往這兩年，她一直有自傷習慣。我擔心她真會做出傻事，所以還是答應了。我們進了房間，又談了分手的事情，她無論如何都不想跟我分開，為此我們大吵一架，我一時情緒失控，

# 這麼可愛一定是男孩子

才會說出那種話來。」

下面有記者插嘴：「你們談分手，為什麼要約在飯店房間？」但沒人理會他。

「我知道一切都是我的錯，身為男人，無論如何都不該罵女人，我事後也跟Ruka道了歉，可惜她並不接受。」

方逢源見螢幕裡的艾佛夏直起身，和韓茂山交換了一個眼神。

雖然艾佛夏陳述得那樣文情並茂，但方逢源知道，那肯定是事前沙盤推演的結果，從艾佛夏流利的程度，不難想像排練了多少次。

「身為公眾人物，竟對女性同胞罵了這種難聽話，我非常慚愧，也對一直以來支持我的人感到抱歉。」

艾佛夏站了起來，旁邊的韓茂山和公關主任也跟著站起。艾佛夏瞄準鏡頭，深深一鞠躬。

「在此向盧其恩小姐本人，向社會大眾，還有支持者們，致上最深的歉意。」

臺下閃光燈此起彼落，後排記者都站了起來，卡位捕捉最佳畫面。

方逢源看即時新聞已經跳出「知名演員性虐疑雲，艾佛夏今公開道歉」、「罵女友『賤女人！』，好好先生力挽形象」等跑馬燈，首頁照片就是艾佛夏和韓茂山低頭道歉的畫面，不禁惶然。

現場又開放記者問了幾個問題，感覺都是事先re好的，畢竟艾佛夏的經紀公司在業界算大咖（from方逢時），跟主流媒體交情也不錯。

大致都是些「和Ruka會分手嗎？」、「對於盧其恩部分不實指控，有沒有考慮採取法律途徑？」，或是「對《惡警捉迷藏》被換角的事有什麼感想？」等預想得到的疑問，艾佛夏也都以「一切錯在我，我會深切反省」的基調回應。

方逢源見記者開始散了，便打算回到直播上。

這時記者群後方傳來騷動聲。有個戴著鴨舌帽、穿著大衣、滿臉鬍渣，看起來頗不像媒體人的大叔舉起了手。

「傳聞女演員路蘭，是因為被導演艾嘉家暴才吞藥自殺，身為他們的兒子，被捲入同樣的家暴醜聞裡，有什麼感想？」

記者會會場譁然。

韓茂山看了下發問的記者，胸前沒別記者證，他和旁邊的公關主任對看一眼，韓茂山先發聲了。

「這裡不開放未經允許的媒體進場，這位先生。」他聲音宏亮，蓋過了那些嘈雜聲。

但記者卻沒有退卻的意思，「傳聞路蘭精神方面不穩定，幾乎沒盡過什麼母親的義務，你是艾嘉導演一手帶大的。是因為這樣，你才會跟艾導演一樣有暴力傾向嗎?艾導演也有打過你嗎？」

韓茂山從椅子上站起來，他抽空看了眼艾佛夏，後者臉色已微白。

他低聲朝艾佛夏說了句：「你不用回答問題，我來處理。」

隨即吩咐門外：「把直播先切掉，去叫大樓的警衛過來。」

那記者卻沒停下來。

「你曾經在巴黎待過三年多，和路蘭同住一個屋簷下，有人拍到你跟你母親出雙入對、感情很好的樣子。但你回國之後沒多久，路蘭就吞藥自殺了。」記者問：「你母親自殺，跟和你同居的那三年有關係嗎？」

「……這位先生，請你自重！」韓茂山忍不住吼出聲。

他往旁邊一瞄，不少攝影機還在運作。對方也拿著手機在錄影，顯然是故意要激怒他和艾佛夏，韓茂山知道自己萬萬不能中計。

有工作人員上前去拉那名記者，但記者一邊被架離現場，一邊還揚聲。

「路蘭當時有跟你求救嗎？有向你說艾嘉導演虐待她的事嗎？她是否發現你跟你父親其實是一丘之貉，連兒子都沒辦法救她，才在絕望下結束自己生命？」

「我……」

韓茂山聽見艾佛夏開了口，他忙按住艾佛夏的肩。

「Averson，你閉嘴！」

艾佛夏臉色慘白，大腿微微發顫。

沒人比韓茂山更清楚，雖然艾佛夏在媒體上極少提到那個人，但那個人，可以說是唯一能夠影響神經像海底電纜一般粗，資深演員艾佛夏精神的人。

路蘭，是艾佛夏的死穴。

「我很敬愛……路蘭女士。」艾佛夏還是開口了，他嘴唇哆嗦，勉強擠出聲音，「對於她的死，我始終抱持遺憾。但這件事，跟我、跟我父親都……」

韓茂山忽然聽見歌聲。

他一怔，聲音是從艾佛夏身上傳出來的，從他擺在右邊口袋裡的手機。

因為音量不大，只有坐在右邊的他，還有艾佛夏本人能聽見而已。

歌聲很輕、很柔，乍聽之下像是女聲，但仔細咀嚼後，又會嘗出男性獨有的磁性和餘韻。

韓茂山旁觀過幾次艾佛夏追直播時的狂熱模樣，知道這聲音就是艾佛夏迷戀的那個直播主，諾亞紅糖還方糖什麼的聲音。

歌曲的內容韓茂山也很熟悉，是三年前艾佛夏配合主演網路劇創作的，那首〈被討厭的勇氣〉。

原編曲是R&B風格，但手機傳出的曲風似乎經過調整，變成舒緩輕柔的民謠風，像細流一般緩緩淌過耳際。

「他們說討厭我，用說喜歡我的同張嘴／他們說我死不認錯／說我道德低落／說我得過且過／說我道歉沒有誠意，說我骯髒齷齪／儘管他們／沒一個真正認識我……」

韓茂山知道艾佛夏也聽見了，他像是被什麼擊中一般，雙目微微瞠大。

韓茂山看他用牙尖咬了下拇指指甲。從小到大，只要艾佛夏做出這種動作，韓茂山就知道事情要糟糕了。猶記前一次艾佛夏這麼做，是他乍聞母親路蘭的死訊，罔顧緊鑼密鼓的拍戲行程，忽然失蹤整整三天之前。

韓茂山見艾佛夏忽然仰起頭，閉上眼睛。

「……我沒辦法跟女人上床。」艾佛夏說。

記者會會場先是安靜了一、兩秒，旋即鎂光燈像是瘋了一般閃爍起來，會場一片嘈雜，所有鏡頭都轉向艾佛夏。

「我無法對女人勃起，用道具或是其他方式，比如看著對方自慰，那還勉強可以，但要我跟女人上床，我辦不到。」艾佛夏對著麥克風說。

韓茂山簡直快抓狂了，他扳過艾佛夏的肩，試圖將他打包拖走。

但當他接觸到艾佛夏的眼神，竟一時凝滯。

「當年Ruka跟我交往時，我就跟她說得很清楚了，我沒辦法給她一般男人能給她的幸福，但Ruka不相信，執意要和我在一起。

「那天也是這樣，Ruka帶我進旅館，目的是跟我上床。她努力很久，試了各種手段，包括強灌我藥物、用手銬銬住我，讓我無法逃跑，都沒辦法讓我……勃起，為此她非常惱怒。」

公關主任頻頻拿手帕擦著汗，使眼色讓韓茂山把人帶走，但韓茂山卻沒有動。

「我一直跟她解釋，說不是她沒魅力，是我個人原因，但Ruka完全聽不進去，她罵我『陽痿男』、『不是個男人』，總之你們能想得到的罵詞她全罵了，後來又提到一些我母親的事，我忍無可忍……接下來的事大家都知道了。」

記者會會場難得一點聲音也沒有，就連那個八卦記者也沒吭聲。

「我一直以為我會這樣，是因為我母親的死，我無法走出路蘭女士死去的悲傷，才會對其他女性有所抗拒。」

韓茂山見艾佛夏緩緩睜開眼，眼神澄澈，直視著前方那些猛按快門的記者，心中湧起不祥的預感。

「但最近我遇見了一個人，那個人讓我發現，其實並不是這樣的。我之所以無法滿足Ruka，無法當一個好男友，不是因為我心底有陰影，更與路蘭女士無關，而是因為……」

「Averson！」韓茂山試著阻止艾佛夏，但已經來不及了。

「……而是因為我喜歡的，自始至終都不是女人。」

數十臺攝影機冒著嗜血紅光，齊齊對準艾佛夏那張堅定的俊容。

「我喜歡男人，我是個gay……很抱歉讓大家對我失望了。」

那是艾佛夏反覆夢見的一幕。

那年他十五歲，在巴黎當地的演員學校就讀。

他下了課進屋子，發現那個女人背對著他，穿著削肩的洋裝，坐在梳妝臺前。

洋裝的下襬不知被誰撕破了，鬆垮垮地散在地上，女人的頭髮也被剪去一縷，交疊在紗裙之上。

梳妝臺旁有支撥火用的鐵撬，艾佛夏認得那支鐵撬，他父親常拿它來撥壁爐裡的餘火。

女人正在上妝，艾佛夏清楚地看見，就在女人上了粉底的地方，有個醒目的瘀痕，從眼角一路到與自己一樣高挺的鼻頭。

艾佛夏感到害怕，他走近女人，用法語喚她：「Madame Roland（路蘭女士）……」

他第一次見到這個女人，就是在螢幕上，在一齣得了柏林影展最佳外語片的電影裡，導演正是他的父親。

父親告訴艾佛夏：『這人是路蘭女士，是一位女演員。』

從那天起，那人在他心裡，就永遠是「路蘭女士」，而不是「母親」。

女人發現了他，轉過頭來，對他露出燦爛的笑容。

艾佛夏關心她的傷勢，但他才開口：「女士，妳的臉……」女人就伸出食指，比了個「噓」的手勢。

她對艾佛夏招手，張唇說了些什麼，但艾佛夏總是不記得，他只記得自己像著了魔似的，向女人緩步走去。

十五歲的艾佛夏，已有著成人的胴體。

他父親有意將他培養成演員，艾佛夏的體格受專人控管，一卡路里都不被允許多攝取。

女人抱著艾佛夏細瘦的腰，撫摸他結實的胸，指尖滑下曲線完美的大腿。

艾佛夏覺得惶恐，覺得不舒服。

但女人不是別人，是世界級的演員路蘭女士，是他的母親，艾佛夏覺得自己無論如何不該閃躲。

艾佛夏那時已然比女人高出半顆頭，女人伸高塗著靛色指甲油的手，捧住艾佛夏那張與她相仿的面容，張開被口紅暈開的唇瓣。

「Embrasse moi.（吻我）」女人對艾佛夏說。

「是，我知道，我會特別注意他的狀況……您放心，令公子是個堅強的孩子，我也不會再讓憾事發生。」

韓茂山站在艾佛夏私人寓所門口，掛斷電話，長長嘆了口氣。

艾佛夏回國後，本來是被安排住在安古蘭所有的宿舍裡，但由於跟蹤騷擾過於嚴重，才由他父親作主，搬進了現在的私人公寓。

韓茂山先按了門鈴，發現無人應門，像往常一樣輸了密碼進屋。

一進門，韓茂山就看見艾佛夏拿著殘存酒液的高腳杯，從陽臺開了窗進來。

室內已然充斥著酒類的殘跡，有瓶裝也有罐裝，東倒西歪地散了一地，廚房流理臺上還放著喝到一半的威士忌。

艾佛夏酒量奇佳，畢竟是從年輕練上來的酒膽，雖不到千杯不倒，但至少韓茂山不需要擔心他應酬時失態。

但此刻卻見他雙頰酡紅，眼神帶著迷離，進門時還給窗溝絆了一下，明顯是醉得不輕。

……重點是還一絲不掛，韓茂山的視線直接對上艾佛夏胯間明顯的男性性徵，有點不知道該把目光往哪擺。

「喔，是Mountain啊。」

艾佛夏懶洋洋地笑了下，把高腳杯往吧臺上一擱，從地上撿了毛巾擦頭髮。

韓茂山見他整個人溼漉漉的，定睛一看，才發現他在露臺上放了個木質浴桶，水管一路接進浴室，竟是在陽臺上自製了DIY澡堂。

雖說這寓所隱私性極高，就算是陽臺也絕對窺視不到，但這種時候還有心情做這種風雅事，韓茂山也實在服了自家藝人。

「……你哪來的浴盆？」韓茂山看著還冒著蒸氣的檜木浴桶。

「網購的，用PCHOUSE二十四小時購物。」艾佛夏抱怨著，「你們又不准我出門，我悶都快悶死了，只好自己找點樂子。」

韓茂山見他在沙發上一屁股坐下，顯然沒有穿上衣服的打算，只得嘆口氣。

從艾佛夏發表那些驚天宣言後，已經過了一週。

這一週，可以說是韓茂山的經紀人生涯中，最崩潰的一段日子。

各種電話如潮水般蜂湧而至，有打到公司質問的、有代言廠商打來詢問情況的、還有演藝圈朋友打到他私人手機關心的，多到他電量耗盡都回不完。

不單如此，經紀公司的官推、電視臺劇評留言板都被崩潰粉絲塞爆，「＃Averson／Gay」也榮登亞洲地區推特熱門趨勢排行榜之首。

艾佛夏的父親，現在遠在美國導戲的華人導演艾嘉，也罕見撥了通電話來關心。雖然韓茂山納悶他為何不直接打兒子的電話，要透過他這外人來打探，但連艾導演都被驚動，可見轟動武林的程度。

「……這個先給你，是徐小姐要我轉交的。」

韓茂山先把紙袋擱在茶几上，艾佛夏看了一眼，隨即一笑。

「哇，是檸檬塔！徐安東那傢伙，真是越來越長進了，我是不是應該訂閱一下他們的頻道啊？」

艾佛夏把一個個精美的檸檬塔拿出來，發現底下還放了一張手寫小卡。

**Averson：**

**記得嗎？巴黎照相館對面那間甜點店，這檸檬塔是他們的招牌，我們以前常趁你午休時跑去偷吃。我最近跟老闆連絡上了，他給我了獨門食譜，總算能做出一樣的味道來，原來就是少了一味柑橘。**

**我近來常回憶起還在巴黎的日子，那時我還是個小學徒，你是演員學校的學生，兩個人都一無所有。**

**一無所有，但也自由自在。**

**這麼一想，一無所有，好像也不那麼可怕了。**

**檸檬塔容易壞，不吃記得放冷凍，凍著也別有風味。**

**Anthony**

韓茂山見艾佛夏撫著小卡，唇角揚起弧度，「徐安東那傢伙，還是這麼該死的貼心。」眼角竟隱隱有水光，想起徐亞莉轉交檸檬塔時還忿忿不平。

『小莫是被害人吧？他明明就不想要，其恩姊還逼著他，如果男女顛倒過來，其恩姊就是妥妥的強暴犯不是嗎？』

『結果他們居然說小莫陽痿？這是重點嗎？都沒人想過小莫的心情嗎？』

那天在旅館裡，艾佛夏忽然打了電話來，請他去旅館房間接他。

當時韓茂山只覺得罕見，因為艾佛夏很少讓他涉入自己的私生活，也不愛坐保母車，除非工作，平常總是自己開車移動居多。

他進了房間，看見艾佛夏裸著上身、坐在床沿，下半身只裹了條浴巾，而房間裡一片狼藉，像剛有人打過架一般。

韓茂山想問什麼，但艾佛夏看起來很累，眼角還有傷，催促著說想趕快回家，韓茂山也只能照做。

「……你為什麼不跟我說？」

韓茂山思潮起伏，在艾佛夏身邊坐下。

「說什麼？」艾佛夏問。

「說你其實是被盧其恩逼迫的事。」

艾佛夏無力地笑了下，「有什麼好說的？說我不舉嗎？」

他頓了頓，又說：「我不知道Ruka有錄影，我那時候……太失常了。要是知道就會先跟你報備了，你要煩的事已經夠多了，我不想讓你操無謂的心。」

韓茂山心中五味雜陳，他從盒子裡拿了一個檸檬塔，洩憤似地一口咬掉半顆。

# 這麼可愛一定是男孩子

「那為什麼要跟媒體那樣說？」他又問。

艾佛夏沉默片刻，「……因為那都是事實。」

「事實？我看著你從小長大，你女朋友都交幾個了？你在巴黎是怎麼瘋的，我都看在眼裡，說你用不求人捅她的那個，還是我去幫你談判分手的。」韓茂山拔高音量，「現在你跟我說你是gay？喜歡男人？想騙誰？」

「但我真的是gay。」艾佛夏執拗地說。

「不，你不是。」韓茂山斬釘截鐵地說：「你只是遇上了一個男扮女裝的傳播妹，性別認知被攪亂，才會誤認自己是gay。」

「小圓才不是什麼傳播妹，他是男的！而且他只是個普通學生好嗎？」艾佛夏怒斥。

「你說他見面第二次就跟你去旅館開房間，這麼好約，你還相信他之前都跟人蓋棉被純聊天？」

「……他說過他沒有性經驗。」

艾佛夏心虛地說，韓茂山從鼻子哼了聲。

「Averson，你不是第一天混演藝圈了。」韓茂山忍不住嘆氣，「你不是說了，他先叫你不能碰他、又主動幫你口交，很明顯這是他欲擒故縱的手法，他不知道用這招釣過多少男人了。」

艾佛夏仍不服氣，「不管他有過什麼經驗，但小圓不是你說的那種人。」

「不是那種人？你都被他搞得快身敗名裂了，還說得出這種話來？」

艾佛夏看了眼自家經紀人，「Mountain……你在生氣嗎？」

「我生氣，我當然生氣！」

韓茂山像是情緒終於爆炸一樣，用手按住太陽穴。

「你要公開跟盧其恩的私事、要說自己不舉，這些我都支持你，甚至你想反告盧其恩性侵，就算公司反對，我也會站在你這邊。但你竟說自己是gay！我的天，Averson，你知道這是多荒唐的事！你好好一個國民男神，這麼多女人的夢中情人，居然說自己是個gay？」

韓茂山越說越激動。

「你不要以為現在同性婚姻開放了，大家對gay就會比較寬容。那些寬容是在想像中的，你懂嗎？Averson，那些人可以接受戲劇裡的homosexual，享受背德帶給她們的快感。可一但回到現實，她們知道喜歡的男人真是個gay，跟她們無法有結果，很快就會對你消火的。」

「但我不想再對自己說謊，Mountain，我想做自己……」

「你不是gay。」韓茂山再度打斷他，他扶著額頭，「……我很確定你不是，Averson，麻煩你清醒點好嗎？」

艾佛夏又不說話了。韓茂山抿了抿唇，似在考慮什麼。

「我知道，你始終走不出來蘭芝的事。」他忽說：「她……帶給你的傷害，到現在都還影響著你，看你在記者會上的反應就知道了。」

艾佛夏瞳孔一縮。

「蘭芝」是女演員路蘭的本名，全名是孫蘭芝。艾佛夏的外公是在法華人，而韓茂山因為工作之故，和他們一家都是舊識。

「但Averson，你要分清楚，不能接受女人，跟逃避女人，聲稱自己喜歡另一種性別，這是兩回事……」

「……閉嘴。」艾佛夏忽然壓低了嗓音。

但韓茂山沒有動搖。

「你如果只是想嘗鮮，那也就罷了。但艾莫，就算你和男人上床，自稱是gay，也無法抹消蘭芝對你做過的事……」

「韓茂山，我讓你馬上閉嘴，聽見沒有！」

艾佛夏背對著他大吼，他抓起桌上的空威士忌酒瓶，往落地窗方向一扔。

「鏘」的一聲，瓶子砸在玻璃上，兩方都碎成了破片。

韓茂山一瞬間呼吸停滯。

他看著自家藝人頎長的背影，還有自幼到大，只要遇上什麼情感無法負荷的事情時，就會咬指甲的習慣動作，終是嘆了口氣。

「……我走了，記得下週三要開投資人會議，我會載你去公司。」他說：「珍惜你最後的演藝生涯吧，艾莫。」

方逢源抬頭看著大樓螢幕上的新聞熱播。

他剛從全聯超市提了大包小包出來。今天的裝扮走低調路線，上身是oversize的落肩款男友襯衫，裡頭搭細肩帶皮色小馬甲，下身則是軍裝風短褲搭長靴，頭髮是戴去溜冰場的那頂，襯上珍珠耳釦吸睛。

他看著新聞重播的記者會畫面，這幾天各大媒體都被這幕瘋狂洗板。

『我喜歡男人，我是個gay……很抱歉讓大家對我失望了。』

網上小太陽粉各種風中凌亂，方逢源追的粉專一個個都上了熱門，Dfool演藝板艾佛夏討論串洗到板主一度緊急關板。

八卦雜誌也是紙不要錢似地狂報，除了艾佛夏的性向，也有號稱揭祕路蘭母子關係的，談艾嘉和路蘭愛情故事的，把艾家從頭到腳剖析了個遍。

自家八卦妹也加入了廣大崩潰粉絲行列，方逢源已經不只一次看到方逢時丟下畫稿，在網路論壇上刷消息、跟人筆戰。

不少人嘲笑艾佛夏陽痿，也有罵他死甲甲的，多數人同情Ruka，說她眼光不佳，看上一個舉不起來的騙婚基佬。

有人還截了《好好先生》裡的一幕做哏圖，原劇情是古朝陽為了重買杜小月丟失的婚戒，日夜打工賺錢，結果在重要面試當天睡過頭。

杜小月跑來家裡叫他，古朝陽便睡眼惺忪地說：『抱歉，我真的起不來……』哏圖截了「抱歉，我真的起不來」這句話，配上下一幕Ruka無奈翻白眼的模樣，方逢源不得不說網友真的很壞。這張迷因在全網瘋傳，「＃好好先生／起不來」和「＃Averson／Gay」並列當日推特趨勢榜首。

但方逢源最在意的倒不是艾佛夏的性向，而是那句沒人mark到的話。

『但最近我遇見了一個人，那個人讓我發現，其實並不是這樣的。』

「最近遇見了一個人」？

遇見誰……？

方逢源知道艾佛夏很有可能只是隨口說說，其實根本沒這個人，他只是忽然發現自己深櫃，找個藉口開櫃門罷了。

就算真有這個人，也跟自己無關，方逢源想。

對方是舉國關注的男神，而他是光歐趴就焦頭爛額的大學生。

和男神來往的，都是盛世美顏的女演員，而他是個連自慰也不會的悲催在室同性戀。

就像方逢時說的，他是方舟、對方是航空母艦，只消在海上擦到一點邊，他都經受不起。

方逢源打開Telegram，轉到通訊人欄。

他已經整整一個月沒做伴遊工作，私訊塞滿各種邀約，方逢源都不讀不回。

只要再一次就好，方逢源告訴自己，只是關心他一下，確認他一切都好。

就打一通電話，響三聲，方逢源給自己約定。三響沒人接，他就放棄這一切，忘了自己曾認識這個人。

然而方逢源的手指還沒按下，螢幕便自行亮了起來。

方逢源心跳遽停。

他瞪著來電顯示的「艾」字，指尖顫抖，過了數秒，才慌忙按下接通鍵。只覺太陽穴鼓鼓跳動著，竟沒有勇氣先開口說話。

好在對方很快出了聲：「方逢源……」

他喚他的全名，嗓音如醇酒，滲進方逢源的骨髓。

「來見我，我需要你。」

# Chapter 6

# 第 6 章

方逢源提著裝滿食材的袋子，對著眼前閃閃發亮的大樓發愣。

不單是全聯大塑膠袋跟這種高級公寓格格blue的問題，這一路進來，方逢源就受到了各種價值觀衝擊。

艾佛夏傳了地址給他，叮嚀他不要坐計程車。他說狗仔們個個都是人精，知道坐計程車的很可能不是住戶，容易被盯上。

平民大學生方逢源搭了公車，又徒步走了二十分鐘，艾佛夏傳了大樓電子鎖的一次性密碼給他，方逢源輸入密碼時戰戰兢兢，深怕有人在跟拍他。進電梯時還遇到其他樓層的住戶，嚇得他陰毛都多白了兩根。

好在可能是因為他提著食材，戴著口罩和淑女帽，對方似乎以為他是新來的家事人員，道了聲「晚安」就離開了。

好不容易抵達艾佛夏所在的樓層，方逢源站在低調奢華的大門前，還有點飄飄然，他忽然很能理解那些影星祕密情人的心情。

他傳了LINE給妹妹，告訴她今晚可能無法回去，之後就把手機關靜音。

他知道方逢時回去肯定會拷問他到死，但此時此刻，方逢源實在沒有多餘的心情做解釋。

他按了門鈴，等了十分鐘，沒人回應。

方逢源試探地碰了下門把，發現門竟沒上鎖。

他小心翼翼探頭進去，「艾先生……？」

方逢源喚了一聲。裡頭黑漆漆一片，伸手不見五指。

方逢源翻出手機對照了下，他應該沒搞錯樓層，再說艾佛夏給他的密碼也只能進來這層，這幢大樓一層只有一戶。

他往唯一透著光的陽臺走了一步，冷不防腰間一暖，竟似有人摟住他。

方逢源渾身一顫，感覺有個毛毛刺刺的物事湊近他的耳殼，然後是他這幾日在新聞裡聽過無數次的聲音。

「……你說過，要陪我一次免錢的，這句話還算數嗎？」

方逢源吞了口涎沫，「艾佛夏先生……」

頸側的聲音又呢喃：「所以原本要加錢才能做的事，今天可以直接來嗎……？」

方逢源呼吸緊縮。攬在腰肢間的手順著肚腹上移，箍住了他的胸膛。

方逢源為了怕穿削肩衣物時不好看，平時很注意胸肌大小，他的胸肉精瘦平坦，就是個白斬雞，一點隆起也沒有。

那雙手滑進了他的男友襯衫，在寬鬆的布料內遊走，待找到馬甲背心後，又順著胸線往後移。

方逢源聽見輕微的金屬扣環聲，那人解去了他身上的馬甲，又褪下他肩上的細帶。馬甲順著方逢源細瘦的腰線滑落，在大理石地板上發出引人遐思的聲響。

方逢源幾乎無法呼吸，艾佛夏沒脫他的襯衫，手依然環在他胸上，唇瓣描著方逢源的頸線，一路下滑，最終停在心臟的位置。

艾佛夏的手也不安分，他伸進襯衫內側，指尖先在肚腹上逡巡，逐漸上移到他沒了遮蔽的薄胸，尋找片刻，最終掐在最敏感的兩點上。

方逢源腳底一軟，「艾、先生……」

他足趾踢到了什麼，好半晌方逢源才意識到那是酒罐。身後之人酒氣甚重，全化成了熱息，噴進他的頸窩裡，讓他更加意亂心迷。

「艾先生，您醉了嗎？您是不是喝酒了？你、啊嗯……」

## Chapter 6

艾佛夏用指腹揉著他的蓓蕾，又掐、又壓、又拉扯，變著花樣蹂躪。

方逢源第一次知道男人那地方也能如此玩弄，艾佛夏簡直把那地方當成了玩具，方逢源只覺全身血液都流淌到了那處，連帶小腿發軟，腰也沒了氣力。

他軟倒進艾佛夏的臂彎裡，艾佛夏放過他一邊乳頭，指尖順著他精瘦找不到半絲贅肉的小腹下移。

方逢源聽見軍裝短褲扣環被解開的聲音，有什麼蹭進他的褲頭。

「艾佛夏先生，先等……」

方逢源掙扎起來。但艾佛夏的指尖不停，順著他髖骨下滑，握住潛藏在兩腿間、半夢半醒的器官。

「嗚……！」方逢源呻吟出聲，原因是艾佛夏忽然從後含住他的耳殼。

這人的唇齒熱燙得驚人，口腔的溫度滲入肌膚、鑽進血管裡，方逢源覺得不單是感官，連血液流速也變得緩慢。

而他羞恥地發現，剛才那一番撩撥，他的小小源竟已半舉，脹得難受。

艾佛夏用拇指按住最敏感的頂端，有一下沒一下地掐弄著。

男人技巧甚佳，掌心綿軟得不可思議，方逢源只覺那處包進了一團棉花裡，那棉花還是溼熱的，竟比那時撫弄自己要舒服幾分。

「嗯……哈啊、艾、先生……」

這人……真的是gay吧？

方逢源當機的腦袋裡想著，否則哪有一個直男，會對另一個男人的乳頭和性徵如此瞭若指掌，像玩弄自己的一般。

# 這麼可愛一定是男孩子

他向來討厭感官，討厭去刺激那些感官，害怕各種讓感官變得敏銳的作為。

方逢時說他性冷感，他無法否認，且他冷感的不單是性，而是所有感情。

然而此時此刻，在這種私密空間、伸手不見五指的黑暗裡，方逢源覺得一直以來的冷感政策失靈了，身體彷佛不是自己的，每一寸感官都比平常來得敏銳。

艾佛夏的身體緊貼著他後背，方逢源不需要多費心思，便能感受到某個硬邦邦的物事，就抵在他腰窩的位置上。

……究竟是誰叫這人陽痿男的？方逢源不禁在心裡腹誹，恐懼和興奮紛沓而來，讓他抵受不住，再怎麼說，他都只是個十九歲的處男大學生。

艾佛夏掌心一收，方逢源便顫抖著在他掌間射出男性精華。

「哈啊、哈……」

他喘息著，感覺艾佛夏修長骨感的五指終於抽離他的褲襠，他全身戰慄、足趾抽搐，大腿間一片潮溼狼藉，有生以來不曾體驗過如此刺激。

他本以為這樣就該結束了，但艾佛夏忽然抱住他的腰，將他撲倒在地。

方逢源的背脊接觸到一團柔軟溫暖的東西，料想是地毯之類的。

眼睛習慣黑暗後，方逢源也逐漸看清了室內景像。

他身處艾佛夏家的客廳，一旁是看上去十分高級的皮製沙發，透著微光的地方是陽臺，不知為何陽臺上還擺著木製浴盆、冒著蒸氣。

落地窗玻璃裂了一角，地板上滿是破片，無人收拾。

而壓在他身上的艾佛夏，穿著深色鑲金線的綁帶浴袍，方逢源的角度看得見他的鎖骨，料想裡頭是全裸的。

他喉頭一哽，黑暗裡那雙黑中帶金的眸子直視著他，和以往幾次不同，艾佛夏眼瞳深處除了飽脹的欲望，更多的竟是忿怒。

艾佛夏在生氣，方逢源呆愣地想，但對象卻不是他。

方逢源想抽身，但艾佛夏的身體比他精實太多，他感覺艾佛夏的手再次下挪，這回竟開始扯他的短褲。

方逢源這輩子什麼沒有，就對危機的直覺特別敏銳。

他推著艾佛夏的肩膀，「艾先生、艾佛夏，你冷靜點，我是小圓、方逢源，那個伴遊，是你打電話要我過來陪你的，記得嗎？」

上回在泡腳池邊，艾佛夏十分紳士，方逢源也認為言語溝通對這人管用。

但這回艾佛夏只凝滯了一下，眼底的火燄卻仍未消除。

方逢源的短褲被一把扯下，連三角內褲一起，下身的光裸感讓方逢源完全清醒過來。

他使勁翻過身，趁著艾佛夏脫他靴子的空檔往後逃躲，想先找電燈開關。

但艾佛夏很快纏上來，他攬住方逢源肩膀，企圖再次壓倒他。成年男性的體重讓兩人都失了重心，雙雙從椅背翻倒在沙發上。

「啊！」方逢源驚叫了聲。

艾佛夏沉重的身軀壓著方逢源，伸手又摸向他下體。方逢源扭動著腰想逃開，卻被艾佛夏一把扣住五指，再次壓回沙發上。

「……連你也要拒絕我嗎？」艾佛夏的嗓音忽然傳出喉底。

方逢源一怔，尚未來得及回話，冷不防有樣物事觸上他脖頸，掐住他喉結。

他好半晌才意識到，那是艾佛夏的手指。

# 這麼可愛一定是男孩子

他瞪大眼睛，黑夜中艾佛夏緊盯著他，那雙黑中帶金的眸子，此刻竟泛著紅光，像被什麼附身一樣，混濁得看不見底。

「我讓所有人失望，所有人都討厭我，都背叛我……」

「艾、先生……」

方逢源只覺氣管緊縮，幾近窒息，朦朧中聽見艾佛夏沙啞中帶著陰狠的嗓音。

「現在連你，也不聽我的話了嗎，賤女人？」

危急存亡之秋，方逢源再也顧不得對方是什麼男神，他往旁邊胡亂一摸，摸到了掉落的全聯塑膠袋，從裡頭抓了什麼，就往艾佛夏顏面砸去。

他這一砸花了十成十氣力，艾佛夏再瘋狂，也被這一砸之力推得往後退開，背脊撞上沙發，手指也鬆了開來。

方逢源重新吸到氧氣，伏著地毯嗆咳起來。

艾佛夏的腿依然跨騎在他身上，他用手遮著臉，方逢源看不清他的神情，只見他肩膀一抽一抽著。

過了許久，方逢源才意識到，這人應該是在哭。

方逢源怔然，按理說此時此刻，應該是死裡逃生的他比較想哭才對。

但眼前的美男子哭得是如此投入，末了還俯下身來，把臉埋進他胸口。

他驚魂未定，兼之腦袋空白、四肢僵硬，只能任由艾佛夏啜泣著。

不知過了多久，艾佛夏才自行擤了鼻子，總算肯從方逢源身上起來。

方逢源試探著問：「艾先生，我們……先把燈打開？」

艾佛夏沒說話，只用右手打了個響指，室內瞬間燈火通明。

光線一亮，橫亙在他與艾佛夏之間的異樣氛圍便消失大半。

方逢源低頭看了眼自己的狀態，他的短褲不翼而飛，靴子掉在沙發下，下體整個涼颼颼的，大腿間還多了不少不明掐痕。

因為剛進門就被無預警撲倒，方逢源的帽子、包包和口罩都掉在玄關，全身上下只剩那件男友襯衫撐著。

沒了裡面的馬甲背心，落地窗裡的他看來跟全裸沒兩樣，比全裸更糟。

艾佛夏的狀態也好不到哪去，他哭得兩眼浮腫，嘴唇大約是剛才妖精打架時被方逢源A到，有道血痕，頭髮也亂得像鳥巢。

他的浴袍帶子鬆開，方逢源得以瞻仰男神從胸肌到腹肌到大腿到大腿之間的極致美景，大腿之間的東西貌似還比主人有精神。

屋主總算開了口，嗓音沙啞：「對不起。」

方逢源依然說不出話來，他撫著脖頸，腦中浮現那個影片，那些失控的怒吼，那聲陌生的「賤女人」，和方才那個如瘋似狂的艾佛夏重疊，讓方逢源無法確定眼前的艾佛夏，究竟還是不是他所熟悉的那個。

「……看來我嚇壞你了。」艾佛夏看了眼方逢源白皙脖頸上的掐痕，咬住了唇。「我……有時會像那樣，忽然無法控制自己，好像被不認識的人給附身一樣，以前也發生過一次同樣的事，得有人攔我，或像你剛才那樣給我一拳，我才會恢復正常。」

方逢源依然蜷縮在沙發上。

「發生過同樣的事，是指對你……前女友嗎？」他突兀地問。

艾佛夏怔了一下，方逢源也覺得這問題逾矩了。但暴力帶給他的餘韻仍舊潛藏在身體裡，他無法停止發抖。

「……嗯。」

「所以那些照片、都是真的……？」方逢源又問。

「不是！」艾佛夏立即說。

方逢源縮了一下，艾佛夏看他因恐懼而發白的小臉，挫敗似地撩了撩額髮。

「……那些傷確實與我有關，這說來話長。」他嘆氣，「但絕不是因為家暴，更不是性虐，我並沒有那種嗜好。我也就傷過她那麼一次，那時候我們根本還沒交往，她也承諾過不再追究了。」

方逢源見他用力抹了抹臉，似在讓自己冷靜。

「我一直想要治好這毛病，我接受過輔導，Mountain也替我找過心理諮商，這兩年也改善很多，我本來以為已經沒事了，要不是剛才……總之，我不該這樣對你，全是我不好。」

男人再次望向他，眼神裡滿是懇求。

「請你原諒我，好嗎，小圓？」

艾佛夏幫他撿了衣物，把馬甲掛到玄關的衣帽架上，又收拾他散落的物品。

他撿起那個全聯塑膠袋，方逢源才發現，他剛才竟是用超市的冷凍雞肉去砸國民男神的臉。

「這些是……？」艾佛夏問。

方逢源看了眼那個全聯袋子，有點羞赧。

「……我本來要買菜回去煮給我妹吃，平常我跟小時會輪流做晚餐，畢竟外食很貴。」

艾佛夏眼睛一亮，「你會做菜？」

「不是什麼大不了的菜，就是很家常的料理而已。」

方逢源連忙說，艾佛夏已經翻看起那個袋子來，「雞胸肉、土雞蛋、洋蔥、味醂、大蒜，還有金針菇……你是要做雞肉親子蓋飯之類的嗎？」

方逢源才想起這人還是料理節目的主持人，他羞恥感更甚。

「嗯，我就只會做這種簡單的。」他說。

「那不然，做給我吃吧？」艾佛夏跪直在沙發上，「難得來我家一趟，我想和你好好相處，我最近都快悶死在家了。」

他似乎擔心方逢源拒絕，以無比殷切的眼神望著他，只差沒多條狗尾巴，方逢源很難相信這跟剛才掐他脖子、又摟著他痛哭的是同個人。

方逢源十分掙扎。伴遊這份工作安全為上，在經歷過方才那番驚魂後，方逢源確實一度想就這麼藉故逃跑，以保小命。

但一來對方已經道歉了，且艾佛夏現在看起來十分正常，沒有再發瘋的跡象。

二來，方逢源發現，他竟放不下這個男人。

「我廚房你可以隨便用，平常都是Mountain在用，偶爾徐安東也會帶亞莉過來，刀具鍋具什麼都很齊全。」艾佛夏又說。

方逢源有點訝異，「韓先生會做飯嗎？」他回想著那身蛙人肌肉。

「會啊，他好像有廚師執照，以前我在法國念演員學校時，我和路蘭女士的三餐都是Mountain在打理，因為巴黎外食也夭壽貴。」艾佛夏笑說：「可惜我剛跟他大吵一架，否則倒可以叫他來秀一手法式全餐。」

方逢源本想問是為了什麼吵，但總覺得答案會讓他尷尬。身為伴遊，方逢源很清楚什麼話題可以聊、什麼點不能觸碰。

艾佛夏家廚房就在客廳側邊，是那種《全能住宅改造王》節目上才會看見的中島式系統廚房。

# 這麼可愛
# 一定是男孩子

以前也有客人要求伴遊手作料理，方逢源一般都做失敗率最低的咖哩飯。且他沒用過這麼高級的廚房，感覺菜刀一把都抵得上他一個月的斗內。

方逢源把雞肉放進水盆裡退冰，把金針菇掰開，拿了冰箱裡的高湯塊，放進蛋液裡打散，再放到看起來很威的鑽石平底鍋上炒。

艾佛夏一直趴在沙發椅背上看他，方逢源覺得後面涼颼颼的，才意識到他內搭小背心還沒穿回去，這種寬到滑下肩膀的襯衫，跟裸體圍裙沒兩樣。

但現在的狀況，要回頭穿上又很尷尬，只得忍受背後露骨的目光。

方逢源對著砧板戴上護甲片，艾佛夏問他：「那是什麼？」

「保護指甲的東西，我指甲有上松脂油，還有黏細鑽，怕沾進生食裡不乾淨，肉品的動物油脂也會破壞指甲的光澤。」

艾佛夏笑起來。「好厲害，你比我認識的女藝人都還講究。」

他話音剛落，又像意識到什麼般，忙改口：「啊……我不是這個意思，我是說，你知道好多我不知道的事，居然連指甲都可以有這麼多學問。」

「護甲片很好買也很普遍，網路蒐一下就有一大堆，美甲板也有人在討論，不是什麼大學問，也不是只有女藝人才會戴。」方逢源說。

艾佛夏乖乖不敢吭聲，方逢源猶豫片刻，才說：「我……其實不在意，你說我像女人什麼的。」

艾佛夏有些意外地望向他，方逢源邊剁著雞肉邊說。

「我心裡都清楚，我平常看的雜誌、追的美妝帳號都是女孩子的，喜歡的衣服也多在女裝專櫃裡才能找到，也會下意識地模仿女孩子的穿著……應該說，多數人認為女孩子該有的穿著，說裙子是男裝什麼的，只是在自欺欺人。」

方逢源動刀切著洋蔥。

「以前在推特上傳OOTD時，我也會tag『男扮女裝』，因為這樣點閱率會高很多。有路人誤認我是女的、跟我要電話時，我還會覺得高興，因為那代表我花的心血有被看見。

「我刻意扮裝成女人，卻又不願被說像女人，矛盾的人是我，我還惱羞成怒、遷怒給你……我才該向您說對不起，艾佛夏先生。」

方逢源一口氣說完，不敢回頭去看艾佛夏的臉色。

半晌，方逢源才聽見身後傳來艾佛夏的聲音，滿是笑意。

「那麼，做為補償，我可以多吃一碗你做的飯嗎？」

方逢源做了兩碗親子雞肉蓋飯，熱騰騰地端到吧臺上。

艾佛夏拿了筷子便迫不及待扒了一口，差點給雞肉燙傷嘴唇，「啊，燙！」

方逢源禁不住笑了聲，總覺得艾佛夏和初幾次見面印象大不相同，心智年齡差不多小了十歲左右。他開始明白經紀人為何對他是那種態度了。

「好好吃。」但艾佛夏朝碗裡吹了幾口氣，便大快朵頤起來，「超級好吃！你也太會做菜了吧？我好久沒吃到這麼好吃的親子丼了。」

方逢源被他的無腦誇讚弄得害羞起來，「普通的家庭菜而已，照食譜做都是這個味道。」

「不，真的好吃，我不是講客套話，比徐安東做的還合我胃口，怎麼說，感覺得到是用心做的。」

艾佛夏還是讚不絕口，轉眼吃到只剩半碗，方逢源臉熱得不行，只好換話題。

「艾先生跟……亞莉安娜他們、很熟嗎？」

艾佛夏腮幫子鼓著滿滿雞肉，「算熟吧？我和徐亞莉從小一起拍戲，後來又在巴黎認識她哥，徐安東擅長做甜點，我又愛吃甜的，不知不覺成為他的試毒人……總之個性合，自然走得近了。」

艾佛夏語氣意味深長。

「圈子裡要找到合拍，又沒有利害關係的朋友不容易，雖然徐亞莉有時候很煩，為了她哥倒還可以忍受……我記得你妹是他們的粉絲？」

方逢源點頭，「謝謝你上次幫我要簽名，艾先生，逢時她很高興。」

艾佛夏忽然一笑。「別叫我艾先生，叫我名字吧！我們也算是朋友了，叫先生多生疏。」

方逢源微微一愣，為了他那句「也算是朋友」。

方逢源回想著前幾次見面，除了金錢交易，就是猝不及防的肉體接觸，與其說「朋友」，「砲友」還比較貼切，雖然他們追根究柢也沒打到砲。

「那……艾莫先生？」方逢源問。

「就說不用『先生』了，你可以叫我小莫……不，小莫是徐亞莉叫的，你叫起來也有點怪，我想想……啊，不然你叫我『佛卡夏』好了？」

方逢源一愣，「佛卡夏？」

「就是la focaccia，是一種麵包，以前我和路蘭女士住在一起時，她做過這種麵包給我吃，那是她唯一會做的菜，雖然那也不算是菜就是了。」

方逢源想起記者會上，艾佛夏被那個八卦雜誌記者逼得臉色蒼白的情景，方逢源還以為他和母親之間有心結，家家有本難念的經，這本也不奇怪。

但如今見他聊起路蘭來，又稀鬆平常，方逢源得承認自己實在弄不懂他。

「不然叫我『夏哥』呢？」艾佛夏說：「還沒人這麼叫過我，就當成是你專屬的稱呼，我也繼續叫你『小圓』行嗎？」

艾佛夏唇角還沾著飯粒，距離方逢源不到半公分，滿眼的星晨。

他心跳加速，忙低下頭，「好、好的。」

「對了，你知道虛擬主播嗎？」

艾佛夏忽問，害得方逢源差點沒把嘴裡雞肉吐出來。

「為、為什麼會突然提到這個？」他抹了下唇。

「喔，因為講到佛卡夏才想到的，想說你妹會追亞莉和安東，應該也有在接觸YT或VT，之前問過你YouTuber，但VTuber好像還沒提過。」

方逢源雖然疑惑為何麵包與虛擬主播有關，但還是略鬆了口氣。

「只有我妹會看，我平常不太關心演藝圈的事。」

艾佛夏露出一抹壞笑。「也是，第一次碰面時，你連我是誰都不知道，我還懷疑過你是不是裝的。」

方逢源再度臉熱，艾佛夏又托著腮幫子。

「真可惜，我本來有很棒的V想推薦給你，但沒追的話就沒辦法了。」艾佛夏說：「說起來，虛擬主播真是種很有趣的演出型態，我在日本時，因為喜歡編曲，有看過一次初音未來的演唱會，就跟這有點類似。很令人嚮往不是嗎？虛擬藝人什麼的。」

艾佛夏忽然輕嘆一聲。

「現在演藝圈已經變質了，比起藝人的『藝』，他們對我的私生活更感興趣，比起看我的戲，那些人更想看我的好戲。」他看向方逢源，「要是我也能披個皮就好了，這樣我就能一邊演戲，一邊跟人談戀愛了。」

# 這麼可愛一定是男孩子

方逢源怔然，像這樣共處一室、吃著同鍋飯，毫無顧忌地侃侃而談，讓方逢源幾乎都要忘記了，他只是個伴遊，而對方是個炎上藝人的事實。

直到現在，方逢源還是搞不清楚大明星究竟怎麼看待他。

他不惜花大錢，就為了讓方逢源多陪他兩個鐘頭。明明是直男，每次見面都對他這個男人動手動腳。

而這位直男最近還對全國宣稱自己是gay，在最低潮的時候說自己需要他。

如果方逢源沒會錯意的話，方才進門時，艾佛夏本來打算對他更深入的交流，在把人摸光光，清楚知道他是男人的前題下。

他雖沒談過什麼正經戀愛，但基本判斷能力還是有的。

如果對方不是艾佛夏，不是現在舉國矚目的男神，方逢源會覺得這人應該是有點喜歡他，或至少對他有好感。

但方逢源篤信機率學，就像大多數人一生都不會中樂透一樣，這種演藝圈大佬看上平凡男大學生，還把自己直掰彎的劇情，方逢源只在他妹偶爾看的，某種叫BL的小說中看過，現實生活中根本難以想像。

「夏哥。」

艾佛夏望了他一眼。方逢源吞了口涎沫，謹慎地開口。

「你在記者會上說，你喜歡男人，這是……真的嗎？」

艾佛夏沒立即回答，他托著腮，沉思許久。

「……我也不知道。」

他說了令方逢源意外的答案。

「一直以來我都跟女人交往，因為這樣最理所當然，周圍的人也都這麼期待我。但就因為……太理所當然了，我反而沒有感覺，即使和她們有親密行為，我還是感受不到在戀愛。」他說：「還有那些女粉絲，雖然她們一個個都說愛我，但說到底，那些粉絲實際上都不認識我，不是嗎？」

方逢源不解，艾佛夏便伸指戳向他胸口。

「像這樣和你面對面，一塊吃飯、一同聊天，進而互有好感，這種喜歡，是肉貼肉、心捱心的，縱然不見得能長久，但至少你不會因為不相干的人隨便說一句，就對我失去信心。

「但那些粉絲不是，她們所知道的我，都是從新聞上、網路上、戲劇裡來的。她們所愛的，是螢幕裡那個艾佛夏，而不是在你眼前的這個我。因此她們很容易失望，哪怕只是看見我亂丟垃圾，也能輕易說『幻滅了』、『粉轉黑』、『早知道他是這種人』……」

方逢源發現艾佛夏直視著他，眼神裡有瞬息的冰冷。

「沒有比粉絲對藝人更脆弱、更虛假的愛了，對吧，小圓？」

似乎察覺到他的驚嚇，艾佛夏收回視線，又恢復慣常輕浮的笑容。

「但我也沒跟男人交往過就是了，也不知道到底行不行。」他對著方逢源揚起唇角。「不然，你和我交往看看吧？說不定能讓我知道我是不是gay呢？」

✦

方逢源收到了寄件人署名「安古蘭娛樂經紀公司」的包裹。

裡頭是方逢時夢寐以求的，YouTuber「亞莉安娜&安東尼」頻道的百萬訂閱紀念抱枕，是仿兄妹倆形象的Q版娃娃。

# 這麼可愛一定是男孩子

方逢時高興得不得了，當晚就抱著那個抱枕追直播。

方逢源陪著妹妹看了一陣子，那天是安東尼慣例的甜點教室，他看旁邊還上了「直播後有重大發表」的紅色字幕，也難怪同時在線人數高達兩萬五千人。

螢幕上的安東尼穿著甜點師傅的衣服，示範「法式柑橘風味檸檬塔」的作法。

安東尼一向話少，走優雅略腹黑帥哥路線。妹妹亞莉安娜則做為陪襯，在旁邊賣萌講幹話，算是相當討喜的搭配。

安家兄妹的粉絲都叫安東尼「安哥」，而叫亞莉安娜「安妹」。

『聽說這個檸檬塔，對哥哥而言有特殊的意義是嗎？』亞莉在一旁問。

安東尼擠上霜花，對著鏡頭微笑，『是呀。』

『那是什麼？等等你不要說，讓我來猜，啊，該不會是與初戀情人的回憶之類的吧？』

螢幕上的安東尼又笑了笑，『算是吧？』

『什麼？真的假的?!你有初戀情人？你初戀情人不是我們家那隻佛卡夏（貓）嗎？』

螢幕上兄妹倆打鬧成一團，方逢源看包括他妹在內，聊天室刷了整排的「安妹吃醋了！」、「安妹大型抓姦現場wwww」、「安妹別生氣，安哥最初的情人不是妳，但最後的情人是妹妹啊～」。

方逢源傳訊給艾佛夏，為抱枕的事道了謝，艾佛夏也回得很快。

艾：亞莉說他們初版和再版都賣完了，我是直接跟她拿樣品，有先洗乾淨了。

希望你妹會喜歡。

當初方逢源在飯店樓下隨口要求，本來以為艾佛夏不會記得這種小事，連他自己都快忘光了。

雖說這可能是大明星一貫的撩粉風格，但方逢源覺得自己很難不當作一回事。

艾佛夏還不單寄了抱枕來，包裹裡有條項鍊似的東西，方逢源發覺竟是他在溫泉區丟失的捕夢網耳環，但不知被誰串上鍊子，成了鍊墜。

艾：在泡腳池旁邊撿到的，只有單邊，大概是你那天落下的。

這東西太小，我怕弄掉了，先用鍊子串起來，你再復原便行。

方逢源看著失而復得的捕夢網，一時怔然。

雖然他不是灰姑娘，這也不是什麼玻璃鞋。

但原來童話故事，在現實生活中還真會發生啊。

那天艾佛夏當著他的面，說想跟他交往看看後，氣氛有一瞬間的尷尬。

但艾佛夏很快大笑起來，「開個玩笑而已，我現在再禍害什麼人，Mountain多半會把我閹了吧？別在意，跟你鬧著玩呢！」

但方逢源沉默許久，在艾佛夏的笑聲中開口。

「我……和妹妹相依為命，我是學生，我妹只是個插畫師。我們是普通人家，一但出了什麼事，也沒有人可以讓我們倚靠。」

他直視艾佛夏的眼睛，看著那雙眸子中的火焰逐漸黯淡。

「我想和她平靜地過生活，夏哥。」

那之後兩人像朋友一般閒聊，還吃了檸檬塔當飯後甜點。

艾佛夏秀給他看新電腦，讓他聽了好幾首創作中的作品，方逢源也熱心地和他交換意見。

艾佛夏公寓深處有間視聽室，裡頭擺滿了各式影像記錄。除了艾佛夏自己的作品，還有艾佛夏的父親艾嘉執導的電影全集、母親路蘭女士演出的戲劇，以及包括徐亞莉和盧其恩在內，許多圈

# 這麼可愛一定是男孩子

內友人的作品。

除了影集，裡頭還有不少艾佛夏個人周邊，總覺得如果艾佛夏的粉絲進來這裡，應該會為之瘋狂。

這讓方逢源罪惡感滿滿，好像他誤蹈了什麼聖域一般。

艾佛夏提議一塊看部戲，方逢源好奇地問：「你平常會看自己演的戲嗎？」

「當然會啊！我爸說過，演員非得看自己的成品不可，唯有從第三人的角度看待自己，才有可能意識到自己的不足，才會進步。」艾佛夏難得一本正經，修長的指尖在一排DVD上滑過。「就看這齣如何？這部《愛的超能力》。」他問。

方逢源見他一臉壞笑，想起他在維基上看過，這齣戲是艾佛夏從法國回來、簽進安古蘭後，拍的第一部電視劇。

當時偶像劇吹起校園風，又受日劇影響，特別喜歡怪力亂神。

《愛的超能力》故名思義，描述的是一名高中生「邱彼德」，他擁有讓兩個人相愛的超能力，但能力一個月只能發動一次，且常常不靈光，更重要的是無法用在自己身上。

故事整體就是圍繞在邱彼德的校園生活，還有他所在的「一年十七班」（放牛班）同學的戀愛趣事上。

方逢源看了幾集網路上的cut，可能是經費不足，外加編劇不行，演員又幾乎全是和艾佛夏相仿的新人，整齣戲硬傷甚多，特效和美術能力也很悲劇。

最明顯就是邱彼德使用超能力時，只見螢幕裡的艾佛夏雙手高舉，像孵蛋一樣蹲踞片刻，再驀然跳起，手心便忽然出現了很突兀、像是P上去一般的粉紅愛心。

「天靈靈、地靈靈，急急如律令，奉愛神邱比特之名，命令你們兩個心•心•相•印！」

方逢源坐在本尊旁邊，看著螢幕上青澀的艾佛夏用僵硬的口氣說出這些臺詞，也不由得噴笑出聲。

他本來擔心演員本人尷尬，但一旁的艾佛夏笑得比他還誇張。

「想當年這齣戲，拍到第三集就腰斬。」艾佛夏笑得前翻後仰，用手指抹著眼淚，猶自笑個不停。「當時電視臺討論板每天都有人在撟（辱罵）這部戲，我還被他們罵得超級難聽，說什麼『只有臉長得好看，演技一無是處』、『無腦星二代』之類的……」

方逢源看他四肢癱倒在地上，仰望著視聽室的穹頂。

「是啊！我都快忘記了，我也曾經有這麼不被看好的時候，但我也好好地活到現在了不是嗎？看來就算是被所有人討厭，也不見得就真的那麼世界末日嘛！你說對吧，小圓？」

方逢源隱約感覺得到，這人表現得如此泰然，但二十年的演藝成就，不是說放開就能放開。

方逢源光做了一年虛擬主播、八千多的訂閱數，就已經感受到維持形象的壓力，也知道人氣累積有多麼不容易。

被數以萬計的人愛上，再被數以萬計的人唾棄，方逢源無法想像那有多沉重。

是因為這樣，他才會向自己開那種荒謬的玩笑吧？方逢源想。

方逢時的尖叫聲喚回了方逢源的思緒。他忙往方逢時看去，只見螢幕上聊天室像瀑布一樣刷著「恭喜！」、「萬歲！」。

方逢時興奮地從位置上跳起來，「安東尼要上劇！方逢源你聽到了嗎？原來重大發表是這個，喔賣嘎！」

雖然事不關己，見妹妹這麼開心，方逢源也不禁莞爾。

「什麼劇？」他隨口問。

「好像是BL小說改編的，就是最近很夯的腐劇。」方逢時說著他聽不懂的名詞：「他之前只演過網路短劇，但這次的戲會同步在電視和網路OTT平臺上播出，天呀！我要先去註冊，還要畫賀圖慶祝！」

方逢時抱著抱枕在床上滾動，看到那顆抱枕，方逢源恍惚又想起那個人，一時沒吭聲。

方逢時似也感覺到哥哥的低氣壓，她斂起笑容。

「對了哥，Dfool虛擬主播板那個討論串，好像有新進度。」

方逢源一臉疑惑地接過妹妹手裡的平板，快速滑過討論串，越滑越冷汗直流。

虛擬主播的真實身分引人好奇，被人猜測是常態。雖有一派觀眾認為虛擬主播就該是虛擬出來的樣子，沒有所謂「真人」在背後操控，但也有一派人會好奇虛擬主播背後的藏鏡人，因而各種肉搜熱議。

方逢源聽過有主播因為在直播中透露太多個人資訊，結果被狂粉起底，跟蹤到家裡，當著主播的面叫出虛擬人物的名字，因而被驚嚇到畢業的憾事。

方逢源對自己有信心，他直播時很小心，就算是閒聊，也不談及真實生活，尤其不透露自己的居所。畢竟方逢時可是二十四小時有二十三點五小時都待在家的人，他不能冒險。

但就在數日前，有個暱稱「方糖新郎」的帳號，在串裡張貼了他陪艾佛夏在溜冰場伴遊解悶的那張照片。

照片被局部放大，特寫了掛在水筒包上的吊飾。

「這是……」方逢源睜大眼。

「嗯，是『諾亞方糖』六六六六訂閱紀念。」

前陣子諾亞方糖頻道滿六千六百六十六訂閱，方家兄妹手工製作了限量六十六顆方糖吊飾分送給粉絲。

這吊飾相當精緻，結合了六面骰功能，骰點是方逢時繪製的Q版諾亞方糖臉，可愛到方逢源自己都愛不釋手。

當初方糖骰是以抽選的方式，從參與慶祝直播的留言ID裡，隨機抽出六十六名。方逢時還親手在每顆方糖骰上刻上編號，從001到066。

方逢源的吊飾是樣品，因此沒有編號。

而「方糖新郎」在原本應該有編號的骰面上，畫了個紅色圈圈mark。

方糖新郎v

@SugarDaddy　VTuber板（1天前）

我當初開了五十個分身，抽到三顆方糖骰，每顆骰子都有編號，且都在點數一的那面，編號字跡各有不同，應該是方糖本人手工刻上去的，可以排除製作廠商漏刻的狀況。

既然不可能有沒編號的方糖骰流落在外，那持有沒編號方糖骰的人，就只有一個可能性。

方逢源看下面很快有人留言。

B1（1天前）：麻的開分身占名額的就4ni！難怪我都沒抽到！

B5（1天前）：難道就不可能是方糖手殘少刻一個嗎？

但大多數人都跟著起鬨。

B16（1天前）：好可怕喔這都能推理得出來。

B25（1天前）：你的中之人姓柯名南嗎？

下面開始有人放出當初在推特的討論，方逢源的名字、系級被清楚標示出來，還有人輕鬆地討論，「原來是大學生啊！才大一？」、「聽聲音就是很年輕啊～」，但方逢源已然胃袋緊縮，完全說不出話來。

「你最近還是暫時別去學校，好在現在放暑假，要是被人盯上就麻煩了。」方逢時擔憂地說。

方逢源指尖微微發顫，但他仍對著妹妹笑了笑。

「不要緊，再怎麼樣，他也找不到我們家，不會影響到妳。」他說。

「誰說我擔心自己了……？」方逢時嗓音一沉。

她不知何時已站了起來，她雙手扠腰，居高臨下地凝視著方逢源。

「你又要像那時候一樣了嗎？哥。明明害怕得要死，還要假裝自己沒感覺。」

方逢源一愣，方逢時便說：「你忘記了嗎？小學時你穿了我的制服到學校，結果被你們班男生拖進女廁裡，逼你學女生的樣子蹲著尿尿。」

方逢源有些茫然，他其實並不記得這麼多細節，只記得他一直在逃，一直在跑，拚命地跑。

方爸說過，速度夠快的話，就能逃到任何想去的地方。

「我找到你時，還以為你死了。」方逢時說：「你兩手抱著腿，在教具間裡，把自己縮成一顆球，一動也不動。對，就像現在這樣。」

方逢源一愣，才發現自己在不知不覺間，把腿縮到了祕書椅上，雙手抱著。

「我搖你、叫你，你都沒有反應，我那時候是認真覺得你死掉了，還哭著跟老師說要趕快把你送醫院。」

方逢源曾經想過，人所以會痛苦、會感到難受，是因為有感官的緣故。

吃不了辣，是因為舌頭和胃承受不住；傷口流血會疼，是因為皮膚和神經太過敏銳。而心會感到難過，是因為腦子想得太多。

既然如此，把那些感官關閉，什麼都不去感覺、不去想，甚至終極的狀態，假裝自己沒了生命，那就不會痛了，也不會流血受傷。

「……我真的沒事。再說我也不是小學生，都快成年了，妳別瞎操心。」方逢源鬆開抱住膝蓋的手。「對了，星期天直播後，有想去吃點什麼慶祝嗎？哥哥請客。」

沒問題的，方逢源告訴自己。

他長大了，變堅強了。

即使不裝死，也沒有任何人、任何事，能夠傷害得了他了。

# Chapter 7

# 第 7 章

「先做個總結，金輪汽水那邊，我去跟他們談，請他們暫緩解約動作。至於Eaon廚具那裡，我看大概是沒望了，我會去說點情，想辦法把違約金談低一些。最後，Nestflix那邊提出的違約方案……」

韓茂山坐在會議桌首席，拿著文件揉著太陽穴，桌邊一圈人全是安古蘭經紀公司的幹部和股東們。

這些日子以來，韓茂山他們不知開了幾次會，公關危機、廠商解約、戲約換角，對投資人說明，還有針對媒體的諸般對策……演藝圈看上去光鮮亮麗，說到底也是在做生意。

而韓茂山做為安古蘭最大股權合伙人，又身兼首席經紀人，頭髮都多白了十根。

「……至於盧其恩和悅聲那邊，我跟幾間雜誌社問了幾次，他們都說沒收到消息，暫時應該是不會再有動作，只能先放著。」

桌邊的人都點了下頭，公關主任還拍了拍艾佛夏的肩膀。

「辛苦了，小莫、茂山。我看風向還不至於真的就那麼糟，或許過一陣子，事情會有轉機，你就當是休息吧！」

這陣子網路風向確實微妙，在各大網紅、論壇把艾佛夏輪著痛罵一頓後，也出現了少數不同聲音。

有認為艾佛夏其實是被害人，盧其恩不該逼迫他。也有認為艾佛夏坦承出櫃、即時停損，反而對他有好感的。

還有一派死忠粉絲甚至主張，「你們不覺得弱氣的小太陽很可愛嗎？」、「壞女人閃開，小太陽的貞操由我來守護！」

一群人魚貫從會議室離開，只剩艾佛夏坐在桌邊，韓茂山走到他身後。

# 這麼可愛一定是男孩子

從上次在艾佛夏的公寓不歡而散後，兩人幾乎沒再對話過，就算相偕出席各大投資人會議，也是各據一角，像陌生人一般。

韓茂山從十多歲就跟著艾佛夏身為導演的父親艾嘉，原本是打算做導播，但艾嘉看出他的經紀才華，一手提拔他，成為艾家的專屬經紀人。

他也做過女演員路蘭的貼身經紀人。陪艾佛夏的母親走過一個個片場，替她送水、拭汗、撐陽傘，在她醉倒在酒館時偷偷摸摸把她送回家。

艾佛夏出道後，韓茂山的工作清單裡就多了項保母。

艾佛夏童星時期的維安、青春期鬧彆扭鬧失蹤、開葷後鬧緋聞，還有路蘭自殺的身後事，全都仰賴這位高山一般的保父。

對艾佛夏而言，韓茂山與其說代替了無緣的母親，更像是他另一個父親。

因此艾佛夏雖然劣根性滿滿，也從不曾真正違背過韓茂山的話，別說吵架，多數時候都是韓茂山單方面調教他。

韓茂山坐到他身側椅上，從懷裡拿了份文件出來，扔到艾佛夏面前。

艾佛夏問：「那是什麼？」

「那個男孩的徵信報告。」韓茂山說。

艾佛夏瞪大眼睛，「你調查他嗎？」

韓茂山雙手抱胸，「不行嗎？何況這是例行程序，你和那個不求人女拍拖時也做過，你是公司的重要資產，總不能放任別有居心的女人接近你。」

艾佛夏看了眼那厚厚一疊的報告，吞了口涎沫，「……有發現什麼嗎？」

韓茂山把報告推到他眼前，「你自己看吧。」

艾佛夏只抗拒了一下，便拿起報告來，先是粗略地翻過一遍，終究忍不住好奇心，仔細地讀了起來。

徵信公司是長期和安古蘭合作的，信譽良好，能力也深受信賴，幾乎把方逢源祖宗十八代都調查了個遍。

上面說，方逢源的父母同屬劇團「Arche」，意思是「諾亞方舟」。

父親方如冬是團長，母親魏承安是當家花旦，兩人是同所藝校的學長學妹，巡演時日久生情，後來奉子成婚，生下來的雙胞胎，就是方逢源兄妹。

方逢源的學歷相當完整，國高中念的都是升學取向的私校。

徵信社神通廣大，還調到方逢源在校時的五育記錄。

令艾佛夏意外的是，方逢源的成績相當不錯，雖不到頂尖水準，但基本都在前段班。但出席率奇低，只到學校規定的最低出席日數，病假事假榮譽假，基本能請的假都請光了。

徵信報告上還寫著。

目標對象十三歲時，父親在泰國曼谷巡演失蹤，至今下落不明。

目標對象十八歲時，母親改嫁同劇團成員張琅久，因而離家。

先前方逢源聊天時，總是只提到妹妹，明明還是學生，卻甚少提到父母親，艾佛夏就有猜到他和家人可能處得不好，但沒想到會是這種狀況。

徵信社還拍了方府的外觀。艾佛夏看著照片上那幢五顏六色、頗具藝術感的鐵皮屋，一時啞然。

「難怪他上次怎麼也不讓我們接近他家。」韓茂山說。

徵信社還拍了方逢源的各種照片，包括他去大學上課、在速食店吃飯，還有在家附近超市採

# 這麼可愛
# 一定是男孩子

買的生活照，解析度高到艾佛夏有罪惡感的地步。

「……你們跟蹤他？」艾佛夏抬起頭來問。

「放心吧，他們很專業，那個小朋友絕對察覺不到。」

艾佛夏看著那一幀幀精美的照片，方逢源在裝扮自己這件事上，真的絲毫不退讓。透著清純感的米白夏日洋裝、一本正經窄裙套裝、青春洋溢的細肩帶牛仔褲……配色、配件、妝髮、指甲和眉毛，沒有一樣馬虎。

艾佛夏看得入迷，倒非由於男孩的姿色，在演藝圈二十載，他什麼帥哥美女都看盡了，單純美人只讓他覺得膩味。

而是神態。不管穿什麼，方逢源都是一副旁若無人、歲月靜好的模樣，艾佛夏用拇指撫著那些彩色照片，覺得彷彿從中看見了光。

「好美……」艾佛夏喃喃說。

韓茂山誤會他的意思，在一旁評論道。

「五官是長得不錯，就是身高矮了點，包裝一下，當個平面模特兒也還行，但演戲什麼的就差得遠了。」

艾佛夏沒理會韓茂山的專業評論，他撫著那份報告。

「所以Mountain，是允許我跟他往來了？」他試探著問。

韓茂山瞪了他一眼，「我是要你認清現實，報告上寫得很清楚了，他是男的。」

「我也跟全國觀眾講得很清楚了，我喜歡男人，Mountain，你得接受這件事。」艾佛夏也很快反擊。

韓茂山似還想說什麼，但艾佛夏搶在前頭。

「茂山哥，你為我所做的一切，我都看在眼裡，也很感激。但我是人，有感情的人，會有討厭的事，也會有喜歡的人，我知道想成功，本就得有所犧牲，但犧牲二十年，也該夠了。我不想像……路蘭女士一樣，最後把自己也逼瘋。」

這話說得韓茂山微微一顫，艾佛夏潤了潤唇，又說：「反正我現在也沒工作了，正好能拿掉藝人這個身分，去追求自己真正想要的事物，你就放手讓我去吧！」

韓茂山這回竟沒有馬上反駁，也沒像上回在寓所裡一樣，叫他清醒點。

艾佛夏見他憋著那張肉餅臉，彷佛有什麼難以啟齒之事。

「……有個新 offer。」韓茂山總算開了口。

「Offer？現在嗎？」艾佛夏瞪大眼睛。

韓茂山咳了聲。

「嗯，是朱晶晶導演透過你父親艾嘉傳達的，你也知道他們是老朋友。朱導說，她看了你的新聞，她最近想拍一部新戲，屬意找你來主演。」

朱晶晶就是《好好先生》的導演，某些方面也是艾佛夏的貴人。

在那部戲之前，艾佛夏拍什麼黑什麼，能有現在的成就，全憑她當年慧眼識英雄。

「什麼角色？什麼我都演，朱老師的戲，我演一棵樹也行！」艾佛夏立馬振奮起來。

但他同時也覺得奇怪，這麼重要的事情，韓茂山卻沒在剛才會議上說，而是挑只有他們倆在的時機。

「實際內容要等拿到劇本才知道，但大致上是讓你演雙胞胎兄妹中的哥哥，妹妹意外亡故，靈魂附身在你身上，在這種靈異背景下開展的戀愛喜劇。」

韓茂山閃避著自家藝人的視線。

# 這麼可愛一定是男孩子

「總集數是六集，預定在VOD及OTT平臺同步播出。我跟朱導演說了，先讓你考慮看看，等你正式答覆後再討論合作細節。」

艾佛夏奇怪地問：「聽起來很不錯啊！再說我們現在也沒資格挑工作吧？所以女主角誰演，是新人嗎？」

韓茂山猶豫良久，這才開口。

「和你談戀愛的，是主角公司的主管，也是男性角色。」他看著艾佛夏逐漸恍然的眼神。「這是齣BL改編劇，Averson。」

**記　者：**今天很榮幸邀請到百萬YouTube頻道主，同時也是現在人氣急上升中的型男甜點師傅到場，聊聊從YT轉職演員的心路歷程，歡迎安東尼！

**安東尼：**謝謝，也請您多多指教！

**記　者：**很高興今天能訪談到安東尼老師，說老實話，我是貴頻道的粉絲呢，從大概一萬訂閱左右就開始追了，老師做的甜點看起來都好好吃啊！

**安東尼：**我喜歡外觀美麗精緻的事物，所以才會到法國學廚。法式甜點裡有一種叫「boite a bijoux」，意思就是珠寶盒，當然好吃也很重要，但我更注重外觀第一印象給人的感受。

**記　者：**甜點世界也很深奧呢！雖說最近甜點好像已經不是貴頻道的重點了，很多觀眾像我一樣，是為了看您和安妹放閃才來的呢！

**安東尼：**……其實我也沒想過事情會變成這樣，一開始只是亞莉開玩笑地說，想在我的頻道出鏡，剛好她那時候戲約少，比較清閒，就跟亞莉的經紀公司談，讓她來我頻道客串兩集。

**記　者：**沒想到大受歡迎，對吧？安妹真的是很討人喜歡呢！和老師個性也很不同。

**安東尼：**她個性確實很特別，有時讓人有點頭疼（苦笑）。

**記　者：**對於安妹從演員轉職成YouTuber，身為哥哥，有什麼想法嗎？

**安東尼：**亞莉也不算是轉職，她演員工作還在繼續，年末她演出的《惡警捉迷藏》就要開播了，希望大家多多支持。

**記　者：**不愧是YT界第一妹控呢！見縫插針也要為妹妹宣傳！

**安東尼：**（害羞）這齣戲經歷了很多波折，亞莉也很受煎熬，如果串流數據能高一點，亞莉也會很開心的。

**記　者：**剛好說到《惡警捉迷藏》，就不得不提一下這次這部新劇了。和演員轉職YT的妹妹相反，這次是從YT跨界演員呢！會覺得興奮嗎？還是很緊張呢？

**安東尼：**都有，我之前有嘗試演過一次戲，就是網路短劇《深夜麵包坊》，那部戲原作也是BL，雖然是一集十分鐘的短劇，就讓我深深感覺演員真是不容易。

**記　者：**話說，老師好像經常被BL劇選角呢！

**安東尼：**可能就像亞莉說的，我有一張BL漫畫裡走出來的臉吧？（苦笑）

**記　者：**聽到心愛的妹妹這麼說，心情很複雜嗎？

**安東尼：**……有一點。

**記　者：**不同於《深夜麵包坊》，這回演出的BL劇《這麼可愛竟然是男孩子？》，改編自知名

## 這麼可愛一定是男孩子

WebVoon腐漫《雙軌》，老師飾演原作中主角公司的上司，以BL術語來講，是攻方的角色呢！（星星眼）

**安東尼：** 是啊，我也很驚訝，我本人跟劇本裡的角色很不像，但我會努力配合主演，盡其所能地去揣摩的。

**記　者：** 說到主演，也就是受方的演員，那可真是不得了呢！老師應該也很驚訝吧？

**安東尼：** ……嗯，非常。

**記　者：** 這人不單是演員的大前輩、演藝圈的不敗男神，最近更是新聞媒體矚目的焦點，據說還是老師從前的舊識，是嗎？

**安東尼：** 說舊識是不敢，但我在巴黎學廚時，艾前輩很照顧我。他也是個非常優秀的演員，我一直相當憧憬他的一切。

**記　者：** 不過說來也真巧，主演才剛公開說明自己的性向，馬上就接到了BL劇的offer，讓人疑惑這會不會是一連串精心設計的宣傳活動呢！（笑）

**安東尼：** 這我不便揣測，但無論艾前輩是什麼性向，都不會影響我想與他合作的意願，我也非常期待這次的共演。

**記　者：** 不愧是安妹最愛的安哥！那麼訪談也差不多到尾聲了，最後安東尼老師有什麼話想跟親愛的安妹說呢？

**記　者：** 亞莉，哥哥會好好努力的，一直以來都是哥哥在背後默默看著妳演戲，這次也請妳守護著哥哥吧！（握拳）

**記　者：** 呀，好甜啊——感謝安東尼老師發糖！也預祝開鏡一切順利！

推特趨勢炸開來了。

方逢源刷著手機，從解禁艾佛夏出演BL劇的消息後，討論就不曾間斷過。

他一連三天上推特，都看到滿螢幕的tag不是「#雙軌／艾佛夏」，就是「#這麼可愛／安東尼」，又或是「#安東尼×艾佛夏」。

主演的醜聞方興未艾，又在記者會上投下性向震撼彈，緊接著又接了這種傳言會有吻戲的BL劇，這一連串操作讓艾粉和艾黑都為之沸騰。

粉絲們自然是喜出望外。

@SunnyFan（5分鐘前）：小太陽又上劇啦！

@FormySun（2分鐘前）：太好了太好了，都怕他就這麼被賤女人坑沒了嗚嗚嗚！

@loveAtho（1分鐘前）：跟安東尼演腐劇！！天呀，雙廚要瘋了～

但也有不少酸民言論。

@GaygoDie（5分鐘前）：搞半天都是為戲宣傳嗎？可以這樣消費LGBT族群嗎？

@Gotohell（4分鐘前）：陽痿男搞基，被搞屁股不起秋也沒關係，很好很可以。

@SunnyAnti（3分鐘前）：小太陽要變成小菊花囉～

艾佛夏的身影也再次出現在電視上，不單電視，方逢源家附近小七的雜誌架上、公車廣告看板上，就連臉書旁邊跳出的小廣告，也全是艾安二人的帥臉。

方逢時進房裡來，方逢源忙收起桌上《這麼可愛》的前導專訪雜誌。

「老哥，我做好生日要公開的男皮動模粗胚了，你來幫我測試一下。」

# 這麼可愛一定是男孩子

「諾亞方糖」的生日，兄妹倆設定為十一月六日，這天同時也是方爸在曼谷失蹤的日子。

今年十一月六日正值週日，從週六開始就有跨午夜的慶生直播。

早先在直播時，包括親爹黑糖佛卡夏在內，就有人一直敲碗方糖的男裝。為此方逢時畫了一系列男皮大叔動態模組，有躺著摳腳板的、睡眼惺忪對著鏡子刷牙的，還有M字腿坐在地上剪指甲的。

「……這根本妳平常的樣子吧？」方逢源抱怨道。

但他還是配合地戴上耳麥，對著攝影機開啟連動程式。男皮方糖立時活了過來，被方逢源操縱著打呵欠、挖鼻孔。

方逢源還特意用大叔聲線說話，逗得方逢時哈哈大笑，兄妹倆不亦樂乎。

「眉毛的部分還有點不自然，我再回去修一下圖。」方逢時滿意地說：「小螞蟻們應該會很開心，搞不好直播後有機會破萬。」

「諾亞方糖」現在追蹤人數是九千五百多，距離六六六六追蹤不到三個月，斗內也有穩定的量，虛擬主播板上關於方糖的討論串也變多了。

「嗯，破萬的話，剛好可以出紀念專輯，我最近編寫了幾首新歌。」

方逢源在半年前上傳到素人電子專輯平臺上的cover集，如今全輯下載的銷量也破了五百，方逢源預計明年初推出下一張。

方逢源看著專輯裡下載率最高的〈我要我要我要勇敢做自己〉，和〈被討厭的勇氣〉、WOASOBI的cover並列前三名，一時又發起怔來。

「……太好啦，你總算恢復精神了。」方逢時忽說。

方逢源一愣，方逢時便說：「你這陣子一直心神不寧，跟你講話，十句有九句都在走神，連直播時都會莫名其妙嘆氣。還有你可以不用再藏那些演藝雜誌，都快滿到客廳裡來了。」

方逢源心虛地低下頭，方逢時又說：「我本來以為你是跟男朋友吵架了，但你最近一直宅在家，連跟人熱線都沒有，感覺又不像小情侶鬧彆扭。」

方逢源說：「我沒有男朋友。」

「少來，你跟那個在演藝圈工作的人交往了吧？他多半是在安古蘭工作，所以上次那個抱枕才會用公司名義寄過來，你也才會突然這麼關心艾佛夏，因為他是他們家的看板藝人。」

雖然關鍵處多所誤解，但方逢源還是為妹妹的外粗內細暗暗心驚了一下。

但方逢時再怎麼冰雪聰明，也想不到對方就是艾佛夏本人。就連方逢源自己，也常懷疑他是否做了場春秋大夢，其實他根本不曾認識過那個大明星。

方逢時走後，方逢源摸了家人專用的那支手機出來。

當初離開艾佛夏的寓所時，艾佛夏給了他一個號碼。

『我的私人號碼。』艾佛夏對他說：『這號碼只有Mountain、我爸、徐家兄妹有，連我前女友都不知道，記得千萬別告訴別人。』

剛拿到號碼時，方逢源一直隱然期待著，艾佛夏會和上回一樣，忽然打電話過來，說自己需要他。

他把艾佛夏的來電顯示名稱設定成「夏哥」，藏在名單的最下方，彷彿當年珍藏那些小飾品一樣。

但等了一天、兩天、一週、兩週、一個月，從夏天等到秋天，等到艾佛夏上劇消息都出來了，這顯示名稱都不曾亮起過。

艾佛夏連Telegram也沒敲他，兩人的對話，還停留在上次他為了抱枕的事道謝的訊息上。

也是，那個人已經脫離低潮，回到工作崗位上，不需要小伴遊為他解悶了。

方逢源覺得他調適得挺好，雖然妹妹老說什麼暈船暈船，但他自問心如止水。

說到底，他從一開始就知道對方是國民男神，不要說交往沒可能，連當朋友也嫌高攀，頂多是被對方的溫柔蠱惑，有了不切實際妄想，現在也已然清醒。

他正想按下「刪除」鍵，手機卻再次響起來。

方逢源嚇得幾乎從床上跳起來，定睛一看，卻發現是「未顯示來電」。

他心中忐忑，只能戰戰兢兢接下接通鍵。

「想活命的話，就立即照我的話去做。」話筒那頭響起低沉沙啞的男聲。

方逢源愣了下，隨即吐了口長氣。

「……琅久叔，好久不見了。」

話筒那頭傳來大笑聲。

「你怎麼認得出來？可惡，這個聲線是我新練的耶！連你媽都認不出來是我！還差點照著我的指令去ATM匯款呢！」

電話那頭正是方逢源兄妹的繼父，方媽的再婚對象，同時也是劇團當年的副團長張琅久，方家兄妹小時候都叫他「蛇蜣（蟑螂）」

方媽改嫁，對象又是方爸死忠兼換帖的兄弟，和方家兄妹間的關係更加尷尬。

這兩年方媽與兄妹見面的次數屈指可數，匯生活費都是透過蛇蜣，有什麼事也是由他向兄妹倆傳達。

「有什麼事嗎？」方逢源問：「你們應該很忙不是嗎？今天是小週末。」

方媽和繼父組了個工作室，專作什麼沉浸式劇場，就是讓觀眾和演員能夠在同一平臺上互動，搭配食物和音樂，讓觀眾能最大程度沉浸在舞臺的情境裡。

據說還挺受歡迎的，方逢時說多數場次開賣二十四小時就銷售一空，在國內舞臺劇是相當罕見的狀況。

張琅久相當有生意頭腦，和浪漫腦的方爸完全是兩種人。方爸還在時，蛇蜇就擔綱替劇團管錢、拓展財源的工作，還經常因為經營理念與方爸起衝突。

方媽每月匯來的生活費也變多了，這讓方逢源不得不去想，方媽當初放棄方爸、另投明珠，確實是有眼光。

「這個月底是你和小時的二十歲生日吧？我昨晚忽然想到，想說幫你媽打個電話來祝福一下。」

繼父恢復原本的聲線。

「本來有想要跟承安一起回去的，但一來你們倆肯定有自己的活動，二來我們最近在南部百貨擺了快閃攤，還有特別加場，實在走不開。」他笑說：「不過好快啊！怎麼還記得你昨天還坐在我膝蓋上，我倆還給哆啦A夢配音配著玩呢！轉眼你和小時就變成大人了。」

張琅久也身兼配音員，早年曾加入臺配劇團，在配音圈也小有名氣。方逢源如今能掌握這麼多聲線，也是這位繼父調教的。

若不是方爸那些事，方逢源覺得自己和繼父的關係能夠更好也說不一定。

「對了小源，我聽說你談戀愛了？」繼父忽問。

方逢源喉口一哽，「你聽誰說的……？」

「哈哈，當然是小時啊！她說你跟人約砲，還跟同個人約了三次，她說以她對你的了解，十之八九是暈了。」

繼父的話讓方逢源頭皮發麻。

「……你放心，我沒讓承安她知道，我知道你的情況，也不適合再讓她受這類的刺激。」張琅久語氣複雜地說著。「但小源，你要注意一下安全啊！我有從瑞典進口的保險套，品質很不錯的，當生日禮物寄過去給你好了。你不要嫌我囉唆，我們前幾天才有個團員去做篩檢，結果偽陽性，嚇得他差點辭職……」

「我沒有跟人約砲，也沒有談戀愛。」方逢源打斷繼父的話。

大約是被方逢源嗓音中的冰冷嚇住，張琅久一下子止住話頭。

「……我不會跟任何人談戀愛。」方逢源淡淡說：「你知道的，沒有人會真正愛上我這種人……就像沒有人會愛上我父親那種人一樣，琅久叔。」

繼父似乎還想說什麼，方逢源沒興致跟他多聊，逕自掛斷了電話。

「朱老師！」

艾佛夏迎向攝影棚門口那個身材微胖、化著淡妝的女性。

她看上去四十歲出頭，穿著不算合身的牛仔褲，上身是頗潮的重金屬T恤，化著頗為叛逆的煙燻濃妝，乍看還以為是哪來的東區大姊頭。

她一上來就用兩手擁住艾佛夏的後背，艾佛夏也熱情地回應著。

「好久不見了，艾莫。」大姊頭樂呵呵地笑著，她張望了下，「你那個特種部隊保父呢？沒和你一塊來？」

「他代替一個請假的經紀人趕去接其他藝人，他現在算是公司半個負責人，所以送我到停車場就走了，他有要我跟朱老師您問安。」艾佛夏笑說。

「哈，原來是這樣，我就想茂山怎麼捨得不盯緊你，難怪他叫人下來接應你，就這麼點距離，他都怕你被人截走吃了。」

艾佛夏忙說：「還勞煩老師親自來接我，五年不見了，老師一切都還好嗎？」

兩人並肩往長廊深處走去，熟門熟路地在地形複雜的攝影棚內移動。

「說不上好，最近都在審補助，我被請去當文創促進會的審核小組委員，一天到晚都在看企畫，一堆人天馬行空，還有人說想拍華文版的Marvel呢！看到我偏頭痛都加重了，所以才決定自己下海來拍。」

這人正是《這麼可愛竟然是男孩子？》的導演，同時也是艾佛夏的恩師，當年《好好先生》的導演朱晶晶。

「謝謝朱老師這次給我這個機會。」艾佛夏朝導演一鞠躬，「我一定會竭盡所能演好這齣戲，不會辜負老師對我的期待。」

朱晶晶看著眼前這個誠懇的高大青年，嘆了口氣。

「你也辛苦了，記者會我都看了。你和其恩都是我一手帶上來的，發生這種事我很震驚也很遺憾。」她拍了拍艾佛夏的背，「你放心，反正這戲是拿補助的，製片也是文促會那邊的人，不用討好投資人，不管輿論怎麼走，我都不會換掉你，你就安心演你的戲，小莫。」

艾佛夏連忙稱謝，又問：「老師怎麼會想拍，呃，BL劇？」

朱晶晶橫了他一眼，「你們這些老演員都一個樣，聽見要拍BL，就一臉要你們下海拍AV的樣子，要不是出了這種事，我還沒能跟安古蘭要到你。」

艾佛夏禁不住臉熱，導演又說。

「你別小看BL，這幾年BL在文創業大行其道，小說、漫畫，乃至於真人電影都有惹眼的表現，BL改編電視劇，有時還勝過一些裝模作樣的藝術片。演員也是，就因為BL只有年輕演員肯演，現在已成了新人演員登龍門的踏腳石。」

她耐心解釋著：「而且我對這部戲有信心，你看過原作了嗎，小莫？」

「Mountain給我帶回來一套，我還沒時間看，都在研究劇本。」艾佛夏說。

「你得先看過，改編劇為了迎合市場，會少點深度，多點譁眾取寵的元素，但《雙軌》原作非常精彩，就算拿掉戀愛部分也很有可看性。」

兩人一邊聊，一邊進了會議間。

桌邊已坐了一圈人，全是此次《這麼可愛》的劇組人員，見到導演和主演，都紛紛起立行禮。

艾佛夏一眼便在最深處位置上，看見那個戴著銀框眼鏡、低頭讀劇本的身影。

「Anthony……」艾佛夏呢喃。

男子幾乎是立即就站了起來，朝導演和艾佛夏的方向鞠躬。

朱晶晶滿臉堆笑，往男子的方向伸手，「來，介紹一下，這就是我們這戲另一個主角，飾演你上司白樂光的新人演員，徐安東。」

她又指向艾佛夏。

「安東，這位就是艾佛夏，應該不用我介紹了，這裡沒人不曉得他吧？」

會議室裡都笑起來，只有艾佛夏的眼神停留在男子身上。

男子身高和艾佛夏相仿，長相清秀，雖沒有艾佛夏的輪廓深邃，東方感的臉孔也略顯單薄，但卻有種艾佛夏模仿不來的書卷氣。

男子戴著復古款銀框眼鏡，要不是出現在攝影棚，會以為他是哪來的大學生。

艾佛夏正要開口，男子已朝著艾佛夏伸手，拘謹地笑起來。

「艾佛夏前輩，久聞大名，很榮幸能與你共演這齣戲，也請您多多指教。」

艾佛夏看了眼一旁滿眼打量的朱晶晶，似想說什麼，但最終也只伸出手來，和徐安東四手相握。

「也請你多多指教，徐安東。」他看著對方眼睛說。

今天是開鏡前第一次劇本討論。開鏡預定在十月，除了氣候涼爽、外景節省體力外，也考量到艾佛夏的醜聞熱度，避免太多媒體介入引起糾紛。

《這麼可愛竟然是男孩子？》改編自旅韓華人漫畫家WEITO連載了三年的BL異色漫畫《雙軌》，原作者本就小有名氣，曾在WebVoon等知名漫畫平臺上連載，擁有為數可觀的支持群。

劇本則由女性向電視劇大手擔綱改編，劇組先發了前兩集的劇本給公司，艾佛夏也詳細地看過。

這戲的主要角色有三個，一是他飾演的男主角唐秋實，是個醉心於服裝業的新人設計師，剛被錄取進入時尚業界第一把交椅的「TheDeluge」，正要展開身為設計助理的人生。

唐秋實有個雙胞胎妹妹，名叫唐秋香，是名模特兒，長相出眾、身材姣好，目標是加入大型模特兒經紀公司。

唐秋實和妹妹的關係很好。因為父母早亡，兄妹倆便住在一塊，各自朝著夢想努力。

事情就發生在唐秋實考進TheDeluge那年夏天，公司空降了一名主管，就是本劇的第一男配角，在原作中是攻方的白樂光。

# 這麼可愛一定是男孩子

白樂光個性一絲不苟十分嚴厲，被總公司派來整頓鬆散的行銷部。

但他無巧不巧又是唐秋香的國中學長，兩人在高中時同為學校游泳隊，白樂光是唐秋香隊上的王牌選手。

妹妹唐秋香從國中時便暗戀白樂光，在一次替哥哥送文件到公司時，偶然與白樂光重逢。她發覺自己依然迷戀當年的學長，便央求哥哥撮合。

唐秋實疼愛妹妹，便想方設法找白樂光聚餐、健身和逛街，藉此製造妹妹與上司見面的機會。

但此舉卻讓白樂光有所誤會，以為唐秋實喜歡他。

這點艾佛夏頗有微詞，一般而言，就算白樂光自己是gay，也該有世上八成人類是異性戀的常識，在不知道唐秋實也喜歡男人的狀況下，會誤認下屬也喜歡自己的機率甚低。

他把疑問告訴韓茂山，韓茂山說：『原作是BL漫，這種現象很正常，你就當作這個世界裡九成九都是男同性戀就好。』

唐秋香決心利用唐秋實公司舉辦的某個時尚活動，向學長告白。

本來預定唐秋實和白樂光要在活動結束後，搭同班車北返，唐秋實便把自己的車票換給唐秋香，製造兩人獨處的機會，自己則搭另班車離開。

但沒想到唐秋實在交付車票時搞錯，沒有將自己原本的車票和妹妹互換。結果唐秋香坐上反向列車，唐秋實反而和白樂光坐到了一道。

唐秋實看著隔壁軌道疾駛而過的列車內，映著唐秋香焦急的臉，這才發現搞錯了。他扼腕之下，自己這班車也開了，只能眼睜睜看著妹妹離去。

沒想到這一眼，竟是唐秋實看見活著的妹妹最後一眼。

唐秋香搭乘的列車，在過山洞時撞上異物翻覆，全車無一倖免。

傷心欲絕的唐秋實，本想辭職回鄉，好平復失去唯一親人的哀慟。

但就在唐秋香頭七的隔日，唐秋實一覺醒來，在自己的床頭看見已成了鬼魂的唐秋香。

『都是你害的，哥哥。』唐秋香的鬼魂指責他：『若不是你搞錯車票，現在死的人應該是你，而我應該跟白學長在一起了。』

滿懷罪惡感的唐秋實，於是答應了妹妹的兩個請求。

第一，代替他向白樂光告白，唐秋香知道白樂光男女通吃，也隱約知道白樂光對自家哥哥有好感。

第二是在每天晚上，讓唐秋香附在唐秋實身上，與白樂光進行情侶之間才會有的夜晚活動。

故事梗概大致如此，但唐家兄妹和白樂光的糾葛，在原作中就是以倒敘方式為之。因此在故事一開頭，唐秋實和白樂光就已經在交往了。

以艾佛夏拿到的前兩集劇本而言，幾乎全是唐白兩人的老套激情戲。

什麼背著同事在會議桌下偷偷勾腳，在茶水間壁咚被祕書美眉目擊，還有白樂光把應酬喝醉的唐秋實扛回家醬醬釀釀的戲碼，看得前直男艾佛夏心情複雜。

但他現在沒有推戲的本錢，艾佛夏心裡清楚，朱導演看似豪爽，但對自己的戲控制欲之強，以前他在《好好先生》便領教過了。她想表現的，演員從來很難有拒絕餘地。

飾演唐秋香的女演員也是新人，但凡BL作品的女角都十分不討喜，這部戲也不例外。

以艾佛夏所知，《雙軌》後期唐秋香會完全黑化，明瞭到白樂光所愛從頭到尾都是唐秋實後，甚至起意侵占哥哥的身體，藉此破壞兩人關係。

# 這麼可愛一定是男孩子

女角幾乎沒有和其他演員共演的戲分，要嘛在回憶中出現，要嘛都是靈體，據說導演打算以綠幕單獨拍攝後再合成。

至於唐秋香附身唐秋實後的戲碼，則全由艾佛夏飾演。這是對他演技的一大考驗，也是全戲最大的看點之一。

飾演唐秋香的女演員本名湯元孝，是個看上去十八、九歲的少女。

艾佛夏看過韓茂山給的資料，她原本是平面模特兒，做過一陣子通告藝人，但始終不紅，一年多前在抖音上傳「羊駝舞」短影片後，人氣忽然大漲，才被延攬來拍戲。

但以演員圈內來講，她還是完全的素人。要不是艾佛夏出了這種事，她是修八輩子也不可能跟他這種資深前輩共演。

「艾、艾佛夏大哥，久……久聞大名，很、很高興這次能有機會參與您的戲。」小女孩緊張到聲音都在抖。

「這不是我的戲，是朱導演的戲。」

艾佛夏立即更正，少女這才慌忙改口。

「我、我從小就看艾大哥的戲長大，艾大哥的《好好先生》，我還有買復刻版的藍光DVD珍藏……我、我真的很崇拜您。」

少女露出「喔賣嘎是艾佛夏本尊」的教科書式迷妹反應，艾佛夏只能苦笑。

朱導演一直在旁看他們互動，這時才擊了兩下掌。

「好了，追星的，還有老友見面會都消停一下，我們先坐下來吧。」

演員、導演、編劇、工作人員都在桌邊一字排開，今天製片方沒派人到場，眾人便先討論了劇本相關事宜，還有開鏡前各種注意事項。

「我們的主演最近有點特殊情況，所以醜話說在前頭，在情報解禁前，嚴禁跟任何媒體透露演員相關的消息，無論事大事小，違者一律踢出劇組絕不寬待，明白了嗎？」

桌邊一陣答應聲，朱晶晶又轉向艾佛夏。

「就像先前我跟你們公司知會過的，從第二集開始有穿女裝的需求，為了畫面好看，請務必在開鏡前減重到五十五公斤以下，BMI在十七左右為佳。」

唐秋香雖侵占哥哥的身體，但對白樂光總是用看男人的眼光看她感到憋屈，因此乘著酒興，把自己打扮成女人的模樣，去夜店的lady's night狂歡。

這副模樣被白樂光當場撞見，白樂光把爛醉的女裝唐秋實打包帶回家時，唐秋實正好奪回身體所有權，接下來發生的事自不用細表。

二次元的女裝打扮總看起來輕鬆容易，漫畫翻個頁、換一格，帥哥立馬變正妹，但挪到三次元便不是這麼回事。

艾佛夏身高一百八十一公分，加上長年訓練下來的男一標配身材，光是穿女性褲裝就十分勉強，更別提裙裝，這點艾佛夏從拿到劇本就一直煩惱到現在。

這讓他不由自主想起了那個人。想起他說過的，關於男女骨架差異、基礎代謝量之類的女裝經。

他忽然強烈地思念起那個人來，幾乎想立即打電話給他，跟他聊這一切。

但艾佛夏明白自己不能，不單是情報禁忌的問題，打從知道有這個offer開始，他連邀對方見一面都不敢。

他在炎上後初次上劇，現在所有媒體的眼睛都緊盯著他不放。他身上背負著韓茂山對他的期待、安古蘭的招牌，還有朱導演的青睞。

# 這麼可愛 一定是男孩子

他不能因為私人情感，讓這一切付之東流。

「……艾佛夏前輩？」

說話的是末席的徐安東，艾佛夏才發覺自己竟發呆了一分鐘之久，會議桌旁的人都望著他。

艾佛夏連忙點頭，「茂山哥替我排了減重療程，老師請放心，我一定會在開鏡前達標的。」

坐在朱晶晶身邊的一個女工作人員笑了，「其實我們都很期待艾佛夏先生的女裝呢！您五官非常精緻，扮起女裝來在宣傳海報上會很吸睛，說不定比您母親路蘭女士還美呢！」

艾佛夏有一瞬的安靜，但他很快又恢復笑容。

「我也很期待，辛苦你們了。」

過午時朱導宣布中場休息，安古蘭自掏腰包，給全體工作人員送了日式便當，還有天人茗茶手搖杯，自是人人稱謝。

艾佛夏只拿了罐茶花綠茶，走到陽臺外透氣。

後頭落地窗被人打開，另一人走到他身畔，和他一樣用手肘撐著欄杆，遠望著底下的城市街景。

兩人就這樣並肩看了片刻，直到艾佛夏先「噗哧」笑起來。

一旁青年也跟著笑起來，兩人同時轉過身，艾佛夏伸出雙臂，和對方來了個法式熱擁。

「Anthony！」艾佛夏用力掐他的肩，「你這死小子，原來還記得我？」

徐安東露出吃痛的表情，「當然沒忘，不是還讓亞莉給你帶了檸檬塔嗎？」

「那你剛才幹嘛這麼客套？我還以為你被誰穿越了，什麼前輩前輩的，你當自己是日本人啊？」

徐安東神情有些複雜，「你確實是大前輩啊，在演戲這方面。」

他頓了下，又說：「我不想讓人認為，我想利用和你的交情得到什麼，或冀望什麼，畢竟你……很受人矚目。」

徐安東的話讓艾佛夏沉默了下，「我明白。」

他又轉回去倚著欄杆，「我也不會因為是你，就手下留情，我和巴黎那時也不一樣了，等著看吧，包準碾壓得你們這些新人哭都哭不出來。」

徐安東笑了笑，「那我就期待著了，前輩。」

走回會議室途中，徐安東又悄聲問他。

「你檸檬塔吃完了嗎？最近我們應該會很常見面，我新做了蔓越莓口味的佛卡夏，我記得你很喜歡這種麵包，下回可以帶一點給你。」

「我現在在減重，吃不了那些，還是你自己省著吧！不然帶來給那個小妹妹也行，我看她都緊張到快把自己舌頭給吞了。」艾佛夏笑著說：「而且你上回檸檬塔給得也太多，根本吃不完，好在有人跟我分，否則就糟蹋了。」

「有人跟你分……？」徐安東一怔，「韓先生嗎？」

艾佛夏這才驚覺自己說得太多了，忙含混地說：「沒有，朋友來家裡玩，就一塊吃了，只是普通男性朋友。」他特地強調了「男性」二字。

徐安東神色稍緩，「那就好，你前陣子出那種事，網路上流傳你找女大學生出遊，我還很擔心，怕你老毛病又犯了。」

「老毛病……？」

「嗯，你太寬容了，艾莫。」徐安東說：「你對所有人都一視同仁，能輕易地接納不同的想法，別人的價值觀很容易影響你，那是你的優點。但有心人會利用這點得寸進尺，求取他們本來不敢從你身上奢求的事物。」

「比如巴黎時期的你嗎？」艾佛夏忽問，徐安東渾身一僵。

但艾佛夏很快恢復笑容。

「開玩笑的，你是在講Ruka的事吧？那事是我的錯，我自始便處理得不圓滿，但我不會再重蹈覆轍了，你放心。」

他拍了下徐安東的肩，便過去和工作人員寒暄起來，無視徐安東在後頭一路凝視的目光。

下午是劇本table reading，是在開鏡前常見的流程。透過文字音聲的方式，讓演員掌握對戲的觸感，有助於開鏡順暢進行。

「小莫、安東，你們讀一下Act5-7-II節的部分，就是第一集最後棚內那邊。」

艾佛夏和徐安東同聲答應，開鏡在即，且朱導的戲向來都是掉本排練，兩位演員對臺詞早已爛熟於胸。

那節戲講的是白樂光和唐秋實翻雲覆雨後，白樂光察覺唐秋實在床上表現異常熱情，和平常的消極大不相同，對唐秋實有了疑慮。

白樂光於是問唐秋實：『秋實，你是真的喜歡我嗎？』

此時唐秋香已退駕，唐秋實的身體被白樂光整治得不輕，迷迷糊糊地說：『當然喜歡啊。』

白樂光卻不死心，抓著他又問：『你是因為秋香也喜歡我，想滿足她的遺願，才代替她跟我交往的，還是你真心喜歡上我，以一個男人的身分？』

唐秋實一驚，但還是強笑說：『喜歡就是喜歡，以男人身分，還是女人身分，有差嗎？』

坐在會議桌尾端的徐安東淺淺吸了口氣，艾佛夏見他把眼鏡拔了下來，那雙艾佛夏熟悉卻又陌生的淺褐色眸子凝視著他。

「你是真的喜歡我嗎，秋實？」

會議室裡安靜下來，艾佛夏見朱導十分專注，連他也有幾分驚訝，因為徐安東的聲線，和他十年來熟悉的那個溫柔暖男全然不同。

雖不至於到壓迫的程度，但淡漠中隱藏的暗潮洶湧，竟讓他這個資深演員少有地心頭顫動了下。

眼見朱導朝自己望過來，艾佛夏連忙接口：「當然喜歡。」

「你是因為秋香也喜歡我，才想代替她跟我交往，好滿足她的遺願？」徐安東完全沒看劇本，他直視艾佛夏，「你真心喜歡我？以一個男人的身分？」

「喜歡就是喜歡啊，以男人身分，還是女人身分，哪裡有差？」

「停。」朱導忽然插口，艾佛夏一愣。

朱晶晶嘆了口氣。

「……小莫，你太強勢了。」她說：「唐秋實是個得過且過的人，對他來講，在這個時間點，他只是代替妹妹跟白樂光交往，白樂光喜歡他也好、討厭他也罷，他都無所謂，只要能敷衍過關就行，但感覺你一直在質疑對方。」

「還有，白樂光是你上司，雖然你們偷偷交往，但名義上你還是他下屬，你態度卻吊兒郎當，你不能把他當成徐安東。」

「這我知道，朱老師。」艾佛夏咬著唇說。

會議桌旁的人都看著他，做為全場最資深的演員，卻第一個被叫停，還被導演當面長篇累牘地指導，其他人多少都感覺到幾分尷尬。

「我知道你習慣演BG劇本中的男人，習慣居於主導地位。」似乎察覺現場氛圍，朱導演放緩了語調，「但現在你是和男人談戀愛，BL中的受方既是男人，又不是你過去所認知的『男人』。你得放下你之前的戲路，才有辦法真正進入這個角色，艾莫。」

艾佛夏尚未開口，一旁的徐安東便插口了。

「導演，我剛才講錯不少臺詞，不好意思，我可以再試一次嗎？」

# Chapter 8

# 第 8 章

艾佛夏的官方推特重啟了。

大量酸民立即殺到。有要求他盡快為家暴的事道歉，問他陽痿毛病治好了沒，也有問他被肛得爽不爽的，夾雜在為他加油打氣的留言中。才剛重開不到一週，就屢上趨勢前段班，絲毫沒愧對國民男神的封號。

方逢源邊刷推特，邊提了大包小包進門。

今天一早，妹妹方逢時罕見地踏出了鐵皮屋大門，目的是參加安東尼的粉絲茶會，慶祝偶像開鏡大吉。

身為安東尼主推，這些日子方逢時過得十分滋潤，每天準時追頻道直播不說，又是畫賀圖又是集資送禮的，迷妹生活相當充實。

下週日便是「諾亞方糖」的生日直播，而週末是方家兄妹二十歲大壽，方逢時說想在家吃火鍋，由方逢源負責採買，說是償還她熬夜修改男皮模組的辛勞。

方逢源把沉重的食材擱在客廳桌上，繼續滑手機。

官推發表了艾佛夏的新劇拍攝進度，十月初開鏡，導演朱晶晶領著劇組成員到王爺廟拜拜，拿著劇本繞香爐。

照片裡艾佛夏站在最前頭，旁邊是身高與他相仿的安東尼，兩人都手持線香，神情虔誠而嚴肅。

劇組還上傳了不少片場側拍花絮，有艾佛夏西裝筆挺、站在桌邊扯領帶的帥照，有喝咖啡看窗外的側影，甚至有上身光裸的換裝照。

而做為BL新戲宣傳，當然也少不了CP雙人照。

官推上艾安兩人的花絮，一張比一張擦邊球，下頭的RT數也水漲船高。

## 這麼可愛一定是男孩子

有張是艾佛夏被安東尼壓倒在辦公室牆上，兩人唇瓣貼得極近，幾乎要觸碰在一塊。

方逢源放大了那張照片，鏡頭下只見艾佛夏滿臉迷濛、唇瓣微啟，襯衫領口還拉得奇低，渾身散發著誘惑力。

而壓著他的安東尼也毫不遜色，骨感的大手壓在艾佛夏頸側，鏡片下的眼神充滿侵略性，和方逢源跟著妹妹追直播時那個鄰家大哥哥大不相同。

這張照片在推特掀起熱議，留言者九成是女性推民。

@CpKitchen（1天前）：天啊，我覺得我看見了新世界！！

@NeedBlood87（1天前）：救命！安東尼好帥，光看劇照就圈粉了，正式播出時我要吊血袋吧！

@BLISmyLiFE（1天前）：我：小太陽怎麼可能演受？還是我：小太陽好受啊放開辣個男孩讓我來！！

劇組還發了新推。

「近期將釋出艾佛夏衝擊性劇照！敬請期待！」

方逢源看著照片裡艾佛夏交纏的手指，驀然想起那天晚上，在那間屋子裡，艾佛夏的手指纏繞在他脖頸上的觸感。

他不自覺地撫了撫脖頸，卻只摸到那條捕夢網項鍊。

從艾佛夏寄給他之後，他就一直掛在脖子上，也沒把它還原成耳環。

開鏡那天，方逢源在推上看到消息，鼓起勇氣打了一串訊息。

生不逢源：夏哥，恭喜你開鏡！希望拍攝一切順利。

但臨到發出，方逢源又退縮了。

他們一沒交情，二連砲友也算不上，艾佛夏說不定會覺得他厚顏無恥，一個小小伴遊，還擺出一副知交好友的派頭。

最終方逢源還是把訊息刪除了，把手機扔進棉被堆裡。

清醒點，方逢源。

不要做那種不切實際的夢。

捕不到的夢，徒然傷感而已。

方逢源的手機震動了一下。

他低頭一看，Telegram有新的私訊，是「小圓」的帳號。

但方逢源已數月沒登入伴遊網站，他在專頁上發布了最近不接工作的消息，敲他的人也少了。這時間點還有人發私訊，方逢源覺得納悶。

他點開那則非好友私訊，眼瞳頓時瞠大。

私訊內容是照片。有個穿著蕾絲綁帶上衣、水手短裙、褲襪、厚底涼鞋，戴著米色短鬈髮假髮的人，正站在全聯貨架前，思考著要購買什麼的模樣。

而那人不是別人，正是五分鐘前出外採買的方逢源。

方逢源覺得全身溫度都褪進了胃裡。

照片還不只一張，從方逢源在門口拿推車、選商品、結帳、裝袋，一直到方逢源提著大袋小袋走出全聯，走進家門前那條巷子的背影，一排下來數十幀。

畫面異常清晰，有張根本是貼著他拍的，連他上衣背後的繫繩都清楚可見。

方逢源手一軟，手機「啪」地一聲，落到流理臺上。

他瞄了一眼發私訊的暱稱，是「螳螂」。

方逢源想起先前方逢時給他看的Dfool討論串。螳螂、糖郎、方糖新郎……他腦中閃過許多似曾相識的文字，跟著想到剛才進門時，因為手裡拿太多東西，竟忘了鎖門。

方逢源覺得胃扭曲成一團，他瞥了眼夕照下略顯昏黃的客廳，平日看慣的家具擺設，忽然染上令人心悸的色彩。

方逢源第一時間就想到，應該打電話給方逢時。

但他隨即打消了這個念頭。方逢時家裡蹲一個，又容易大驚小怪，再說她再怎麼強悍，也是女孩子。

身為哥哥、家裡唯一的男丁，理應保護她，沒有反過來向她求救的道理。

方逢源握著手機，顫抖地探頭進客廳。

客廳裡靜無人聲，桌上放著方逢時昨晚喝剩的啤酒，玄關放著方逢源剛才脫下的涼鞋，腳踏墊有些歪了，但方逢源不記得是剛才提袋子進門時自己踢歪的，還是別的什麼原因。

方逢源戰戰兢兢地走到門口，門還是沒落鎖的狀態。

他火速鎖上門栓，拿著手機癱坐回沙發上，發覺自己手腳冰冷，連握在手裡的水鑽背殼，都比他體溫還暖。

他就這樣坐了十數分鐘，對方沒有再傳訊息來，屋子內外都沒有動靜。

但方逢源才稍微冷靜下來，就聽見室內電話機響起來。

這室內電話是方爸方媽接手這鐵皮屋時就有的。但這年頭沒什麼人在打室話，除了選舉民調外，幾乎不曾響過。

方逢源瞪著那臺電話機，為了怕不常用忘記，方媽把室話號碼用便利貼貼在機座上，到現在都還黏在那裡。

電話鈴持續響著，方逢源再也忍受不住，奪門衝出鐵皮屋。

街邊的路燈一一亮起，時值十月底深秋，天色很快便黑下來。

方逢源盡量往人多的公園方向走，傍晚時分，許多人攜家帶眷，在公園的石桌旁乘涼。

手機又震動了下，方逢源趕忙一看，頓時心沉進了冰湖底。

這回對方只傳了一張照片，正是他站在公園中央，不知所措的模樣。

而最下方多了一排文字。

「我的小方糖，總算見到妳了。」

方逢源發出一聲驚呼，兩腳一軟，差點沒跪坐在地上。

一旁帶兒子玩沙坑的婦人看了他一眼，擔心地問他：「你還好嗎？」但方逢源完全說不出話來。

他閉起眼睛，用力深呼吸著，好讓自己冷靜。

他用手機Google派出所的位置，離這裡要二十分鐘腳程，方逢源腳上是厚底鞋，走不了那麼遠。

且他走不到五分鐘，便聽見身後隱約傳來腳步聲。

方逢源驀然回首，後頭仍是空無一人。

如果他是像艾佛夏那樣的男人，應該會對那人大吼：「有種滾出來，我們來釘孤枝（單挑）啦！」再把對方暴打一頓，讓他永遠不敢再接近自己。

但方逢源不是那種男人，在他察覺以前，他已發足狂奔起來。

厚底鞋果然不利奔跑，方逢源才跑了半個街區，便小腿痠軟，冷不防一個踉蹌，鞋底踢中隆起的紅磚，整個人跌了半圈。

他扶著路樹，試圖靠自己站起來，但耳邊旋即又傳來腳步聲，就在人行道另一頭，且越逼越接近。

附近沒有店家，方逢源才發現自己剛才一驚慌，竟往靜僻住宅區方向跑。

他只得把自己藏進巷底，縮在一堆亂停的機車裡，背靠在水泥牆上，喘著息、雙目緊閉。

方逢時說得沒錯，他一點都沒變。

他還是那個不斷逃跑，最終發現逃不掉，只能裝死蒙混過關的男孩。

方逢源摸出私人用的手機。

他知道自己不該這麼厚臉皮，那人是藝人，且正值關鍵時刻，尚且自顧不暇。現在他需要的是警察，而不是那個遠在雲端的明星。

但方逢源克制不住欲望。想見那個人的欲望如壞掉的水龍頭般，衝破了管壁，藏不住也壓抑不了。

方逢源本不期待對方會接，但沒想到電話才響了一聲，就被人接起來了。

朝思暮想的嗓音從揚聲器那端傳了過來。

「喂？小圓？方逢源？怎麼了，你找我？」對方不知為何也有點驚慌。

方逢源唇齒顫抖，他乾啞著嗓子，好半晌才擠出一句。

「你現在、在忙、嗎……？」

對方停頓了一下。

「發生什麼事了……？」他忽然沉聲。

方逢源發不出聲音，對方便代他說話了。

「告訴我你在哪裡，我馬上過去找你。」

「Cut！很好，艾莫、元孝，可以了，過來確認過影像就可以休息了。」

朱晶晶從攝影機後站起，擊了下手掌，鏡頭前一男一女兩名演員也放鬆下來。

拍攝至今進行了半個月，迎來劇組第一次外景，地點在郊區的小車站。

依製片的意見，這部戲大半是靠著文促會的補助，最後開銷都得送審，因此錢能省則省，棚內能解決就不到棚外，畢竟每出去一次都是燒錢。

這天拍的是唐秋實回憶場景，就是唐秋實在車站交付車票給妹妹唐秋香，卻給錯車票的關鍵戲。

許多小太陽粉早早就一海票聚集在目標車站外，看得朱晶晶嘖嘖稱奇：「這些女孩子是怎麼知道的？我們劇組裡有內奸嗎？」

艾佛夏接過助理遞來的毛巾，朝車站外揮了揮手，那頭立時像滾水壺般沸騰起來，尖叫聲都傳到車站這頭來了。

當中也有不少安東尼的粉絲，許多人還舉著他和安東尼名字的應援牌，讓艾佛夏感覺既新鮮又複雜。

這半月以來，艾佛夏的行程受韓茂山嚴格控管，每天兩點一線，除了劇組人員，幾乎不見外人，全心專注在拍戲上頭。

但即使如此，拍攝仍算不上是順利，連艾佛夏自己都無法說滿意。

而不順利的關鍵，艾佛夏往控制棚那裡看了一眼，正是那位與他相識十多年的男人。

# 這麼可愛
# 一定是男孩子

他與徐安東相遇，是在十四歲那年。

那年艾佛夏母親路蘭女士因精神問題，搬回母國法國休養，而艾嘉忙於他的島嶼系列電影，無暇顧及艾佛夏，便設法讓艾佛夏進了巴黎的演員學校，同時就近照顧母親。

艾佛夏從懂事起，就被身為導演的父親當作演員的種子，過往的人生，都為了成為父親眼中的優秀演員而努力。

巴黎時期，是艾佛夏首次離開父親，和以往並不相熟的母親朝夕相處。

當時路蘭的精神狀況已相當不妙，她酗酒、嗜藥，半夜睡不著覺，還會到路上遊蕩，甚至屢次出現自傷行為。

艾佛夏十分擔憂，但又無能為力。

這時他透過損友徐亞莉知道，她親哥哥也去了巴黎，在一間飯店學做甜點。

徐安東彼時人生地不熟，連法語也說不好，徐亞莉擔心哥哥在異地被欺負，便叮囑艾士豪多照顧他兄長，兩人因此搭上線。

艾佛夏本就喜歡熱鬧，加上從小混跡演藝圈培養的自來熟，他邀徐安東出來吃了幾次飯，而對方先是推拒了幾次，到後來也被艾佛夏的熱情感動。

兩人幾乎天天廝混在一起，還相偕去過普羅旺斯旅行。

艾佛夏十五歲就開了葷，他在巴黎有固定玩伴，多數是藝人子女，艾佛夏都自稱已滿十八歲，在遊艇上胡天胡地。

他帶著徐安東上遊艇，介紹女伴給他，徐安東總是驚慌失措，扶著眼鏡逃之夭夭，惹得艾佛夏和他的伙伴一陣大笑。

年少的徐安東，給了當時的艾佛夏許多慰藉，可說是他生活中的小甜品。

徐安東在他眼裡，至少在這次合作前，也一直是那樣的形象：溫柔、靦腆又容易害羞，兼之脾氣奇好，戳著揉著都不會反抗的那種。

但演起戲來的徐安東，卻全然顛覆了艾佛夏的想像。

劇本裡的白樂光本就偏強勢，就是傳統腹黑總裁形象，總是眉頭深鎖、在算計著什麼，工作雷厲風行、床上金槍不倒，走到哪都亂噴男性荷爾蒙。

明知是設定，實際和老友對戲起來，看他用冰冷、上對下的視線挑起自己下巴，艾佛夏還是禁不住渾身起雞皮疙瘩。

本來唐秋實和白樂光第一集就有吻戲。在茶水間裡，白樂光目擊唐秋實被女同事吃豆腐，心生妒意，強拉著唐秋實給了頓懲罰性熱吻。

和徐安東腰也抱了、壁也咚了，兩人嘴唇都幾乎黏在一塊了，艾佛夏就是沒辦法進入狀況，最後搞得像是兩隻公雞互啄，連朱導演都看不下去。

「算了，先跳過吻戲，等艾莫狀態好一點再補。」導演只好宣布。她又對著艾佛夏說：「你們兩個，好好給我熟悉一下彼此，你們是演情侶，不是打監護權官司的離婚夫妻，聽見沒有？」

艾佛夏都感覺得到全劇組的尷尬，特別是那個新人小妹妹，艾佛夏能從眼神看出她的震驚和失望。

他自問不是和徐安東太熟的緣故。他早習慣和熟人對戲，和徐亞莉共演不知幾次，前一秒還在插科打諢，下秒就能在床上打得火熱，對老演員來講構不成問題。

而是氣場，艾佛夏常被說靠氣場演戲，許多導演也都誇讚他天生自帶光環，到哪都是主場。

他有生以來第一次，有被其他演員吞沒的感覺。而吞沒他的還是個新人。

韓茂山在披著毛巾的艾佛夏身邊坐下，遞給他一罐最近看到膩的茶花綠茶。

## 這麼可愛一定是男孩子

「所以你現在知道了吧？」他忽說。

「知道什麼……？」

「你不是gay這件事。」韓茂山說：「徐安東用帶著色欲的演法接近你時，你會覺得尷尬，是因為覺得你的男性尊嚴被挑戰了，這是很典型的直男恐同反應，這就證明你根本不是gay。」

艾佛夏微顯不安，接過茶花綠茶灌了一大口。

「跟這沒有關係，我純粹是……不大習慣。Anthony變化太大，和我認識的那個好像不是同個人。」

「或許這才是真正的他。」韓茂山意味深長地說。

但他沒有多做解釋，又繞回話題。

「最近你也沒再連絡那男孩了，對吧？冷靜下來就會明白了，Averson，你只是喜歡新鮮感，女裝男孩讓你覺得新奇，能讓你暫時忘記女人帶給你的挫敗，但你骨子裡還是直男，是騙不了人的。」

艾佛夏沒吭聲，韓茂山又按著他的肩。

「女裝場景就要開拍了，到時那種屈辱感會更強烈，你得早點適應。」他瞄了眼朝這裡走來的徐安東，壓低聲音，「在我看來，你現在完全被對方牽著鼻子走，再這樣下去，小心主演拱手讓人。」

艾佛夏照著導演指示，趁拍攝空檔補了《雙軌》的原作漫畫。

他本來滿心抗拒，再怎麼說，《雙軌》都是貨真價實的BL漫，男男激情戲多到一集占了半本。

原作白樂光還有點SM傾向，動輒用繩子膠帶綑綁唐秋實取樂，還有老是喜歡玩堵住出口不讓射的遊戲，艾佛夏不禁向韓茂山吐嘈：「他手指擋得住？唐秋實的精液是固體嗎？」

但實際閱讀起來，卻沒有想像中牴觸。

原作者的筆觸相當細膩，描寫心裡轉折十分到位，人物表情也畫得很傳神。艾佛夏從一開始狂跳床戲，到後面也一頁頁翻閱，仔細研讀起來。

『你說你體內有個女人，愛我的是女人的靈魂，不是男人的。』

『但我不懂，唐秋實，現在跟我上床的你，不就是個貨真價值的男人嗎？你所謂女人的靈魂，但離開肉體，靈魂要如何區分男女？』

除了哲學思維，漫畫結局也令人訝異。

原來唐秋實早在妹妹喜歡上白樂光之前，就默默對白樂光有好感。但因為不確定白樂光性向，加上知道妹妹痴戀白樂光，這才壓抑著自己的心意。

原作的最後，妹妹唐秋香妒急攻心，試圖抹銷哥哥爭奪身體所有權，兄妹倆展開一場真•靈魂對談，唐秋實才終於在妹妹面前自白。

原來打從一開始，唐秋實就是故意拿錯車票給唐秋香，目的是妨礙唐秋香跟白樂光告白。那些驚慌、扼腕和歉意，全是演給白樂光看的好戲。

劇的結局走向和漫畫大致相同，也因此這一幕至關重要。

艾佛夏得在不暴雷的狀況下，演出唐秋實肚裡的小心思，讓觀眾在看到結局時細思極恐，是很能展現演員功夫的一幕，艾佛夏無論如何不想搞砸。

但和艾佛夏的願望相左，下午拍攝仍然不順利。

他和女演員對戲時，明明一切正常順暢。但不知為何，換成徐安東站到他面前，一對上他的視線，艾佛夏便感覺脖根被人掐住，連聲音都無法如常發出。

# 這麼可愛一定是男孩子

朱晶晶叫停了幾次，都沒能緩解艾佛夏的僵硬，最後朱導只得讓兩個人都下去休息。

徐安東趁艾佛夏補妝時，坐到他身側。

「艾前輩，我在想這個地方，雖然劇本上沒有，但我們可以有些肢體接觸，表現出唐秋實心裡有疙瘩的一面，艾前輩覺得如何呢？」

徐安東只要在人前，都會叫他「前輩」，艾佛夏聽著心情複雜，但還是點頭。

「可以，就拿車票時不小心碰到手吧？」

徐安東觀察他的神情，忽然湊近他耳邊。

「你不習慣被男人主動碰觸，對嗎，艾莫？」

艾佛夏微微一顫，徐安東笑了笑。

「我感覺得出來，你一直很怕我。原作中你是喜歡我的，但這幾次演起來，卻抓不到那種感覺，可能是我能力不足吧？沒辦法讓你進入角色。」

艾佛夏強笑了下，「不，是我的問題，我戲齡比你們長，是我該引導你才對。」

徐安東潤了下唇，「或許你該對我更放心一點。」

艾佛夏怔了怔，徐安東壓低嗓音。

「在巴黎時，凡事都是你帶著我，你總是在最前頭主導著一切。你不習慣吧？把『接下來該做什麼』這件事，交由別人決定。」他壓住艾佛夏手背，掌心的汗沾上他的肌膚，潮溼而黏膩，「一次也好，把你的一切交託給我如何，艾莫？」

艾佛夏正要回應什麼，動作忽然一頓。

他從防寒衣口袋裡摸出手機，看了一眼，隨即臉露訝異之色，在徐安東的注視下迅速將手機貼到耳邊。

「……小圓、方逢源？是你嗎？你找我？」

徐安東看艾佛夏直起身，不顧化妝師還等著給他補腮紅，逕自走到休息棚的另一頭，神色變得嚴肅。

不多時他掛了電話，轉身對著韓茂山。

「Mountain，我現在得趕去一個地方。」

韓茂山正在跟朱導演說話，聞言兩個人都抬起頭。

「你在說什麼？Averson，你待會還有拍攝，全劇組都在stand by等你，你瘋了不成？」

「我一定會趕回來，朱老師，抱歉，請您稍等我片刻。」

艾佛夏對著導演低頭。但韓茂山沒等朱晶晶回應，一把將自家藝人扯到一邊。

「……是那個男孩？」韓茂山只瞄了他手機一眼，立即通透，「你把這支號碼給外人？」

艾佛夏沒答話，韓茂山便崩潰似地撩了下額髮。

「我還以為你已經想通了，Averson，你到底是吃錯什麼藥？為了一個出來賣的瘋成這樣！你以前再荒唐也不至於如此，看來得讓你到廟裡驅個邪才行。」

艾佛夏咬著唇沒吭聲，韓茂山又說：「你就是太被寵著了，艾導演幫你、朱導演也幫你，你出道就乘著蘭芝的光環，對你來講，一切都是順水推舟，人氣來得太容易，你根本就不知道什麼叫做求不得……」

艾佛夏打斷韓茂山的碎念，「我非去不可，他有危險。」

韓茂山一愣，「什麼危險？」

艾佛夏說：「我不知道。」

韓茂山瞪大眼，「你不知道？你不知道去個屁！」

「我沒來得及問。但茂山哥，他這麼矜持的人，會突然打電話給我，肯定是遇上了天大的事，我要是不去，怕是會後悔一輩子。」

韓茂山氣不打一處來。

「你真去了才會後悔一輩子，Averson，你是不是忘記這戲約有多得來不易？這可能是你演藝生涯最後的機會了，你懂嗎？」

藝人和經紀人還在僵持，旁邊卻有人開口了：「讓他去吧，茂山。」

說話的竟是朱導演，她不知何時已到了兩人身後。

「反正你和安東的對戲也不順，演戲靠的是心，你心裡有疙瘩，更無法正常發揮，再拍下去也只是浪費記憶體而已，車站的戲我請張製再另找時間，大不了請你們安古蘭自掏腰包補足旅費，你要去哪裡就快滾，懂嗎？」

韓茂山還想說些什麼，艾佛夏已搶在前頭。

「非常謝謝妳，朱老師。」

他朝著朱晶晶深深一鞠躬，導演卻像懶得再與他說話似的，朝他揮了揮手，艾佛夏立即往停車坪奔去。

韓茂山一臉 WTF，「朱導，您怎麼……」

朱晶晶點了根菸，湊近唇邊。

「《好好先生》拍攝時，不也發生過一樣的事？」她說。

韓茂山一愣，憶起六年前的往事。

當年《好好先生》大紅，製片臨時決定加拍三十分鐘加長版最終回，劇組因此日夜趕拍，艾佛夏也十分配合，幾乎以片場為家。

但就在戲即將殺青時，從巴黎傳來令人震驚的消息：知名女演員，艾佛夏的母親路蘭女士，在巴黎寓所仰藥自盡。

聽見消息的當下，艾佛夏沒有任何反應，只平靜地說『我知道了』，那之後照樣拍攝，照樣把那幕戲按流程演完。

本來明後兩日還有拍攝行程，韓茂山訂了三天後的機票，打算《好好先生》一拍完，就攜艾佛夏回法國奔喪。

然而就在當晚，艾佛夏失蹤了。

韓茂山手機狂叩，打遍艾佛夏所有國內朋友的電話，找了市內每一家旅店，都遍尋不著艾佛夏的身影。

韓茂山憂心如焚，深怕年輕的艾佛夏悲傷過度、會尋短見之類的，還報告了艾嘉導演。導演卻說：『不用找他，他是演員，終歸會回來鏡頭前。』

事實證明知子莫若父，兩天後的傍晚，艾佛夏自行回到了片場，他一切如常，只是臉色有點憔悴，親自到導演和製片處下跪道歉。

失蹤這三天，艾佛夏究竟去了哪裡，至今連韓茂山都不知道，成為他與艾佛夏之間永遠的謎。

「……你就是太寵這小子了，朱導。」韓茂山嘆氣。

朱晶晶看著揚長而去的車子，對著天空吐了個小小煙圈。

「至少這回他懂得先說一聲，算是有長進了。」

# 這麼可愛一定是男孩子

艾佛夏轉動方向盤，車子駛過公園旁的柏油路，從那間惹眼鐵皮屋前掠過。

即使在憂急之中，艾佛夏還是忍不住多看了那間房子兩眼。雖然在照片裡看過一次，但實物更具視覺衝擊。

方才從車站開出來時，天上開始下起小雨。雨勢越來越大，等車子進市區時，已演變成傾盆大雨。

艾佛夏開著雨刷，視線在雨絲和色澤斑駁的鐵皮間逡巡，卻遍尋不著方逢源的身影。

剛才在電話裡，方逢源的聲音顫抖得厲害，連話也沒法好好說，艾佛夏只問出他在家附近的巷子裡。

艾佛夏讓他用LINE發位置訊息給自己，邊開導航邊找人。

但五分鐘前連位置訊息也斷了，料想是雨下得太大，定位不靈光。

艾佛夏把車停在超商附近，下了車。

大雨無情地打在他頭臉上，艾佛夏用掌底抹去雨珠，往最後定位的方向走去。

他一路跑過幾個街區，走在傾頹的紅磚道上，冷不防腳下一絆，低頭一看，卻是一隻厚底女用皮鞋，艾佛夏幾乎本能地看出這是誰的尺寸。

他俯身拾起那隻鞋子，往路燈照不到的巷弄裡走去。

還走不到幾步，艾佛夏便聽見細微的人聲。仔細一聽，竟是有人在哼歌。

旋律艾佛夏也非常熟悉，是那首〈我要我要我要勇敢做自己〉，只是嗓音甚啞，幾乎無法分辨出詞意。

艾佛夏心頭一顫，他三兩步奔進巷子裡，在一戶人家的遮雨棚下，看見那個蜷縮著的身影。

那人身材嬌小，全身衣物都被大雨打溼，裙子溼淋淋地浸在水窪裡，假髮落在一旁，早已被水窪浸透。

那人雙膝曲著，雙手環抱小腿，臉埋在膝窩之間，整個人縮成一顆小圓球。

「小圓……」艾佛夏用喉底發出聲音，發覺自己的嗓子也啞了。

他看見那人肩膀微微一抽，還不敢貿然抬首，過了好半晌，才把臉慢慢抬起來，在雨絲裡尋找片刻，最終定在艾佛夏被雨水打溼的俊容上。

「艾先生……」他用了他們之間最初的稱呼。眼神初始還有些空洞，而後逐漸聚焦，眼色從全然的墨黑，瞬時間被水光沾溼。

「夏、哥……」

聽見這稱呼，艾佛夏再也待不住，他一個箭步向前，把人從雨窪裡撈起來。

他摟住方逢源的背脊，兩人有身高差，這一抱便讓方逢源的足趾懸了空，方逢源無從著力，被艾佛夏驀然拉近了距離。

艾佛夏俯下身來，方逢源下意識地閃避，但艾佛夏擒住他的後腦杓，指尖埋進他短得扎人的髮際裡，限制住他所有逃躲的動作。

艾佛夏的唇貼在男孩的唇上，結實而緊密。

方逢源瞪大了眼睛。

艾佛夏持續加深著力度，他挪動唇瓣，找尋雙方最密合的角度，他的掌搓揉著方逢源的髮，迫使他的身體一寸寸貼近自己。

方逢源看過無數次艾佛夏在戲劇裡吻別人，或紳士優雅，或激情四射。

但同樣的吻落在自己身上，卻全然是不同感受。

他起先覺得燙，覺得艾佛夏的吐息全是熱的，和周遭的冷雨成對比，而後覺得黏膩，像掉進了一池漿糊裡，濁重得化不開。

艾佛夏循序漸進，察覺到方逢源不再那麼抗拒，把他壓回遮雨棚下，雙手捧著他的頰，溼熱的舌尖觸上他的唇瓣。

方逢源缺氧，他張口喘息，艾佛夏便趁隙鑽了進去。

眼前的男孩像是第一次經歷這種形式的吻，眼眶泛起潮紅，白得透明的面頰也被紅暈占領，看起來可憐兮兮。

但艾佛夏沒因此而放過他，舌尖深入到男孩的唇齒間，在舌根深處探尋，像要將裡頭的事物掠奪一空般。方逢源的舌頭往口腔裡逃躲，艾佛夏便一把攫住，將它拖出來，在彼此唇瓣間翻攪。

方逢源被這種熟練到天怒人怨的吻技弄得腰腿痠軟，實在抵受不住，他選擇閉起眼睛，任由艾佛夏翻江倒海。

大雨在兩人身側瘋狂落下，不知過了多久，兩人的舌頭才拆開。

方逢源已是虛脫狀態，軟綿綿地貼在水泥牆上。

艾佛夏伸出手來，仿著方逢源不知在哪看過的花絮照，抬起他的下巴，用指腹摩挲著他被蹂躪到通紅的唇瓣。

「看來我的吻戲應該是沒問題了，對吧？」他笑起來。

艾佛夏把溼淋淋的方逢源抱上他的車。

拜這場超級大雨之賜，外頭幾無人蹤，就算有，也都低頭撐傘趕路，沒人注意到大明星天降在社區裡。

方逢源冷得渾身發抖，艾佛夏也不惶多讓，十月底的天氣，兩人又都溼到連內褲都遭殃。方逢源的鞋只剩一隻，裙裝溼到貼著肉，就連裙下的吊帶襪也斷了一邊，露出潔白的腿根來。

艾佛夏不敢多看，他把方逢源塞進後座，在後車廂翻找一陣。

「你先換衣服吧？這季節很容易感冒。」他遞給方逢源一件T恤。

方逢源點著頭，他指尖仍在顫抖，自行解了洋裝的背釦，剝下上身布料時，艾佛夏自主背過了身，不敢去看男孩裸露的肌膚。

方逢源套上T恤，低頭看了一眼，「這是你個人演唱會的紀念T？」

T恤上寫著「Averson with Music in YOU」，確實是他個人演唱會周邊。

艾佛夏不禁笑了，「你居然知道，被小太陽圈粉了嗎？」

他用開玩笑的語氣問，方逢源這回吶吶地沒吭聲，不忍說自己個人演唱會藍光DVD就看了五遍，自然記得encore時穿在艾佛夏身上的這件T恤。

艾佛夏把撿到的那隻鞋還給方逢源，作勢要替他穿上，方逢源卻搖頭。

「都溼透了，得拆開來晒乾才能再穿，否則會發臭，這鞋子是人造皮加上藤編，也不知道去不去得了水氣，去不了就只能扔了。」

艾佛夏感嘆：「你還是那麼講究。」

這一番對話下來，方逢源也冷靜多了。

艾佛夏遞了罐水給他，方逢源啜飲兩口，怔怔地望著艾佛夏，還有點無法消化這男人就在自己眼前的事實。

倒是大明星心情甚佳，一直莫名盯著他笑，方才那個吻的熱力還殘留在方逢源唇上，這男人卻一臉沒事那樣，彷彿剛剛不過偷吃了塊餡餅。

「所以到底發生什麼事了？把你嚇成這樣子？」

方逢源聽見他問。方逢源猶豫片刻，把被人偷拍、被人跟蹤的事大略講了一遍，也給艾佛夏看了手機裡的照片串。

艾佛夏用修長的手指刷了一下，「我也經常被人這樣拍，剛拍完《好好先生》那段時期，還有一票私生飯定期守在我家樓下、往信箱裡塞情書，我還被她們闖進宿舍裡偷過東西，後來才搬進保全比較完善的大樓。」

他見方逢源一臉呆愣，又笑說：「啊，我並不是說你小題大作，你不比我，你不是藝人，也沒經紀人在身邊保護你。」

他擰起眉頭。

「不過你是怎麼被這人盯上的？他是你同學嗎？還是你之前伴遊遇到的對象之類的？」

方逢源喉口一哽，想起艾佛夏先前說過有在追VTuber的事。雖然他這小主播知名度不高，但他不想冒任何曝光的風險。

他只得轉移話題，「你……怎麼會自己跑來這裡？韓先生呢？」

驚慌的情緒退去，方逢源的思考能力逐漸復甦，這才意識到自己做了多荒謬的事情。

他把上劇中的男演員一通電話叫來身邊。按照他追蹤的「艾佛夏目擊情報BOT」，這人今天應該是在郊區車站外景拍攝，離這裡有一小時車程。

「放心，我是得到導演許可才過來的，還不至於偷跑。」艾佛夏笑著，「你打給我，我很高興，還以為你一輩子都不會打那支號碼了。」

方逢源衝口而出：「我不打給你，你就不會打給我嗎？」

此話一出，方逢源也覺得自己過分了。

對方特意給自己留了電話，或許就是期待他能主動連絡，是他自己太過鴕鳥，覺得大明星不會理他，未戰便先怯了。

果然艾佛夏先愣了下，隨即柔聲說道：「我怕給你添麻煩。你說過，想和妹妹平靜過生活，我怕死皮賴臉纏著你，反而惹你討厭。」

方逢源心思亂成一團，艾佛夏給了他T恤卻沒給他褲子，雖說那件T恤尺寸甚大，遮了他一半大腿，方逢源還是覺得不安。

「對了，剛才那個，該不會是你的初吻？」艾佛夏忽然問。

方逢源表情僵了僵，「……和男性的話，是。」

「你和女性接過吻嗎？」艾佛夏微顯訝異。

「和小時，呃，就是我妹。」方逢源說：「方逢時有陣子迷上看言情小說，說想試試接吻的滋味，就拉著我跟她試。」

艾佛夏先是愣了下，隨即大笑起來。

他像是真的很開心似的，竟笑得停不下來，但方逢源想不透什麼事情讓他這麼開心。

窗外雨勢不減，涼風一股股灌進車裡。看著這人不羈的笑容，方逢源身體涼颼颼的，心口卻一點一滴暖和起來。

但艾佛夏接下來的話，卻讓他心臟再次凍結。

「我看這雨是不會停了，我接下來也沒事，那個跟蹤狂不知道何時又會纏上你，何況你穿成這樣，在路上走也不方便。」艾佛夏誠懇地說：「讓我送你回家如何，小圓？」

# Chapter 9

# 第 9 章

方逢時開了鐵皮屋大門，看見自家老哥局促地站在門外。

「方逢源？你什麼時候出門去啦？雨下這麼大，我剛回來，發現東西都丟在桌上，門也沒鎖好，還以為遭小偷了呢！」

她一如往常穿著削肩睡衣、運動短褲和夾腳拖，還用小指挖著鼻孔。方逢源不知為何面紅耳赤，低著頭一句話沒吭。

方逢時一臉疑惑，正要問些什麼，她身後便傳來溫婉的男聲。

「晚安，不好意思打擾了，我是小圓的朋友。」

方逢時眨了眨眼。她很快發現，自家老哥竟沒戴假髮，真髮溼溼地貼著耳鬢。他穿著寬大過膝的長袖T恤、雙腳赤裸，下半身疑似還光溜溜的，也不知是怎麼走來門前的。

而方逢源身後站著的，是位目測一百八十多公分的高大男性。他同樣全身溼透，連頭髮也被雨水弄得亂成一團，穿著素色POLO衫搭牛仔褲。即使如此，也掩蓋不了這人驚天的氣場。

「妳一定是方逢時小姐，久仰大名，冒昧來府上叨擾了。事出突然，沒有先行告知，希望妳見諒。」

高大男人伸出骨感的大手，和方逢時簡短握了一下。

方逢時呈現當機狀態，看男人跟她老哥相偕走進玄關。

「鞋子要放哪？」男人問。

「穿進來就行了，我們家客廳是水泥地，髒了也無妨。」她哥招呼著。

「不好意思，我還在滴水。你家有毛巾之類的嗎？我稍微擦個頭髮……」

此時方逢時終於倒抽了口冷氣。

「你是艾、艾、艾、艾、艾佛、佛、佛佛……」

男人回過頭來，露出電視上常見，屬於國民男神的燦爛笑容。

「啊，我忘記自我介紹了，我是隸屬於安古蘭娛樂經紀公司的演員，藝名是艾佛夏……妳可以跟小圓一樣，叫我夏哥就可以了。」

方逢源給妹妹倒了杯水，讓她在中古沙發中間坐下。

他從臥房拿了浴巾，給艾佛夏擦乾頭髮。想了一下，悄悄把虛擬主播設備全蓋上棉被，以免艾佛夏不小心闖進來撞見。

艾佛夏全身衣物都泡湯了，但方逢源沒幾件男裝，方逢時的尺寸又不合，最後方逢源只得拿了方爸當年留下的吊裡，給艾佛夏換上。

艾佛夏找了個角落換衣服，他扯開POLO衫，露出精實分明、找不到半絲贅肉的小腹，套上吊裡後，又穿上方逢源給他的棉褲。

方爸還算是個肌肉型男，但方逢源不得不承認，同樣一件衣服，穿在凡人跟穿在男神身上，還是有天壤之別。

「你是不是瘦了？」他忍不住偷瞄男神領口下的胸肌。

艾佛夏點頭，「最近在減重，我瘦了八公斤多，但離達標還差一點點。」

方逢時還處在驚嚇的餘韻裡，呆愣著旁聽兩人的對話。方逢源領著艾佛夏坐到她對面的雙人椅上，場景堪比初次面見家長的小情侶。

「所以你真的約砲約到艾佛夏，是這樣嗎……？」

家長方逢時灌了兩大瓶礦泉水，總算恢復說話能力。

方逢源瞄了一旁的男人一眼。

不得不說，雖然艾佛夏平常就英姿煥發，但在鎂光燈前的艾佛夏，比較像美術館裡的藝術品。雖然美，但美得理所當然，不會特別給人驚豔感。

但在這間落魄鐵皮屋裡，背景是生鏽鐵皮、裸露電線，廚房還時不時傳來漏水滴進鐵桶裡的聲響，艾佛夏的存在，便像石頭堆裡滾進一顆藍寶石般，閃閃發亮得令人眼盲。

「……我說過了，我沒約砲。」方逢源無奈地說，艾佛夏在側，他實在無法像平常一樣和妹妹抬槓。

「啊！所以那張照片拍到的，真的是艾佛夏？」方逢時反應很快。

艾佛夏連忙在一旁說：「是我不小心，給妳和小圓添麻煩了。」

方逢時打量了艾佛夏一眼，又回頭看看自家哥哥。

「……你們兩個，現在是在交往？」她謹慎地問。

「當然沒有！」

「嗯。」

方逢源和艾佛夏同時出聲。方逢源瞪大眼睛，望向身旁若無其事的男演員。

「夏哥，你……」

「我確實是抱持著不純的動機接近小圓，這我無法否認。」艾佛夏咳了聲，「但我不會強迫他，也不會做他討厭的事，當然更沒有玩弄他的意思，這點我希望先向方小姐說清楚，我知道妳是對小圓而言非常重要的人。」

這話說得方家兄妹都是一怔，方逢時雙手抱臂，又問：「你為什麼會突然來這裡？你今天應該跟安哥在T車站拍外景吧？」

方艾兩人又對看了一眼，方逢源潤了下唇，這才把方才的事擇要說了，但省略了被對方追著跑，還跑錯路這種丟臉的情節。

「啊！會不會是上次肉搜方糖的那個人？就是Dfool那個討論串……」

方逢時才開口，方逢源便「啊——」地大叫蓋過她聲音，順勢掩住妹妹的唇。

「方糖……？」艾佛夏奇怪地問。

方逢時無視在他身前掙扎的妹妹，對著艾佛夏強笑。

「沒什麼，我們在講忘記買方糖的事，明天是我和小時的二十歲生日，我們本來打算自己做生日蛋糕。」

他把滿頭問號的方逢時拽到牆角。

「是、是說跟蹤我的，八成是我之前伴遊的客人，大概嫌服務不夠周道才來糾纏，把我嚇成這樣，他也該覺得滿足了，短時間內應該不會再來。」他對著艾佛夏說：「……夏哥明天不是還有拍攝嗎？還是早點回去吧！耽誤到行程那就不好了。」

但眼前的大明星說了讓方逢源頭更痛的話。

「生日……？」艾佛夏的眼神一下子亮了起來，「二十歲生日，那就是成年了。想當年我成年那天，徐亞莉還替我辦了個驚喜全裸趴呢！這麼重要的日子，非得好好慶祝一下不可。」

他興奮地搓了搓雙手。

「來都來了，就讓我做頓晚飯，為你們祝賀一下，也算是回小圓你上次的禮吧？」

方逢源看艾佛夏大步走近鐵皮屋後方加蓋的廚房，在那裡探頭探腦，還無法判斷大明星話裡的意思。

「咦？晚飯？但夏哥你……不，呃，我家……」

艾佛夏蹲下身，逕自開了方家的老舊冰箱。

他家冰箱門早早便壞了一邊，方媽一直說要買新的，但買了三年也沒下文，方逢源兄妹只好單開另一邊。

艾佛夏往冷藏庫裡探頭，又翻了冷凍庫，拿了一包肉、一顆蕃茄和兩條黃瓜出來，還從壞掉那扇門後拿了兩顆不知道放多久的洋蔥。

「你放心，我就做些家常菜，不會炸了你家廚房。」艾佛夏還笑說。

方逢源想起艾佛夏是烹飪節目《型男主廚到你家》的主持人，那節目的流程，就是先由節目製作單位應募想讓艾佛夏到家裡做菜的觀眾，再由艾佛夏挑選期日突襲，利用那個人家中冰箱現有的食材，即興做出一桌菜。

製作單位還會給艾佛夏出難題，比如家中有無法咀嚼硬物的老人，或是應募觀眾的父親有糖尿病，只能吃清淡食物之類的，後期還加了觀眾票選指定菜色。

但艾佛夏不論製作單位如何魔鬼刁難，最後總是能弄出一桌滿漢全席來。

除了做菜，節目還有和應募粉絲深聊的環節。

方逢源追番時特別喜歡這些段落，粉絲的家庭各有千秋，困難也各自不同，艾佛夏會以個人角度提出建議，或給予安慰，是相當能體現他人性面的綜藝。

方逢源可以理解為何妹妹一天到晚質疑節目作假，人長得帥又會做菜，兼之暖男，這種人設大概只有戀愛手遊裡才會出現。

「……所以節目裡播的都是真的嗎？」方逢源忍不住問：「你是當下看了冰箱裡的食材，才決定做什麼菜色？」

看艾佛夏熟練地拋起洋蔥，剝去外皮，放進冷水裡浸蝕片刻，拿了牆上不怎麼利的菜刀，熟練地切片、切絲再切丁，最後刀背一抹，隨手拋到一旁的盆子裡，方逢源覺得妹妹實在是多慮了。

「你有看我的綜藝？你不是不追三次元藝人？」艾佛夏聲音帶著幾分驚喜。

方逢源不知為何有點害羞，「嗯，認識你之後，好奇才補檔的。」

艾佛夏心情顯然大好。

「當然不可能，節目組會先去拍攝地履勘，也會先連絡屋主取得拍攝許可，再安排燈光、電源，有時候還得帶發電機過去。冰箱食材也會由節目組和屋主先討論過，製作單位會發食譜給我，讓我先練習。」

艾佛夏用單手打了顆蛋。

「菜色課題也有劇本，做壞了還得重做，有時做到太陽下山都做不完，說到底就像演戲一樣，只是演得像即興罷了。啊，但你可不要上網PO文喔，會害節目組炎上的。」他笑著比了個「噓」的手勢。

方逢源感嘆了下演藝圈真是深奧，又問：「但你是真的會做菜？」

「嗯，為了節目去特訓的。」艾佛夏說：「其實我也有丙級廚師執照，這個節目的介紹頁上有寫，可不能隨便欺騙觀眾。平常沒事也會賴Anthony教我幾招比較炫的，比如用刀脊打蛋，或是拋鍋之類的。」

「你……為了工作，做了很多努力啊。」方逢源說。

「那沒什麼，這圈子裡比我努力的人比比皆是。我在他們眼裡就是個星二代，起步比人高一階，靠吃父母資源就能混得不錯的那種。」

他忽然笑了聲，「Mountain還說，我就是一切得來太容易，才敢這麼張狂。」

他回頭看了方逢源一眼。

「不過謝了，聽到有人說我努力，心裡挺舒服的。」

方逢源見他又轉頭剝起生菜來，心臟不爭氣地躍動起來。

最初聽見艾佛夏要來他家裡，方逢源除了驚慌，還有種難以言喻的羞恥感，彷彿自己最私密的底線，被人一口氣突破了那樣。

但方逢源也無法否認，那種從心底竄升的、小小的竊喜，和心臟的悸動同步，緩緩漫進了他周身血液，逐漸擴散。

艾佛夏切完蔬菜，細心地排列妥當，放進瓷盤裡，用蕃茄汁和橄欖油調了醬汁，淋到蔬菜上。中間醬汁沾溼了手，艾佛夏找不到紙巾，只能用舌頭慢慢舔去。

那畫面讓方逢源不自覺別開了眼，回頭見方逢時一直站在客廳裡，用一種難以置信的眼神望著這處。

「艾佛夏、在我家廚房裡……做菜……」她嗓音顫抖。

方逢源完全可以理解她的心情，若不是還得維持社交禮儀，方逢源也很想開啟迷弟模式，拿攝影機拍下來永久保存。

艾佛夏做了一鍋燉煮蔬菜，還費心用方家兄妹三年都沒用過的小烤箱烤過，只見蔬菜表面金黃，被醬汁浸透香氣四溢，光看便令人食指大動。

「這是普羅旺斯燉菜，法文是ratatouille，以前跟著節目組學的。」

方家兄妹都過來圍觀，方逢源問：「我還以為是家常菜，媽媽的味道之類的。」

艾佛夏不禁笑了，笑容有些複雜。

「哪有可能，我媽十指不沾陽春水，進廚房還怕把廚房炸了，是節目組知道我待過法國，特

## 這麼可愛一定是男孩子

意教我做給觀眾看的。」

方逢時完全沒打算聽型男主廚解釋，一馬當先夾了片燉蕃茄，也沒等吹氣就丟進嘴裡，旋即睜大了眼。

之後餐桌就成了方家兄妹搶食戰場，方逢源為了跟蹤狂的事，一整天沒進食，也顧不得什麼基礎代謝率了，和妹妹為了最後一片黃瓜歸誰大打出手。

「嗚嗚，艾佛夏大大，對不起，小女子愚鈍，不應該質疑你作假，我會去節目論壇幫你平反的，嗚嗚嗚嗚……」

方逢時還握著艾佛夏的手懺悔，艾佛夏只能苦笑。

「對了，這是徐安東做的蔓越莓佛卡夏，我聽小圓說妳是他的忠實粉絲，這是今早他送給我的，剛好擱在我車上。」

艾佛夏遞給方逢時一個麵包紙袋，後者瞪大眼睛。

「他、他他、他他他、親手、做的、嗎？」

方逢源看方逢時激動地用雙手捧起，一副要把它供上神壇的模樣，眼角還隱隱帶著淚光。

他心情複雜，直到如今，方逢源還是不知道怎麼面對這個人的善意。

先前幾次見面，艾佛夏雖然也表現得熱情如火，但都還可以解釋成是工作。且他正值人生低潮，會找個不相干的人發洩情緒，也尚在理解範圍。

但連同那個抱枕在內，今天這桌料理，還有現在這種刻意討好家人的行徑。

方逢源再白目，也沒辦法再忽視艾佛夏的心意。

方家兄妹酒足飯飽，艾佛夏卻還沒有離開的意思，一直待到夜深。

方逢時從初始的震驚，到後來也漸漸習慣艾佛夏的存在，搬出珍藏的蜂蜜啤酒，還拿了桌遊出來一塊玩。

兩人意外地合拍，艾佛夏對女性曲盡溫柔，方逢時又是大剌剌的性格，才聊沒有多久，兩人就稱兄道弟。

方逢時攬著艾佛夏的肩膀說：「好，夏哥，我認你這個朋友了！我就知道媒體八卦什麼都是狗屁，安哥看上的人絕不會是壞人！」

方逢時還各種探問安東尼的情報，後來艾佛夏便定下規矩，只要方逢時桌遊贏了他，便讓她問一個問題。

這下迷妹自然是卯足了全勁，安東尼也從三圍到睡覺是否打呼到慣穿的內褲顏色，全給艾佛夏出賣了個遍。

「和安哥對戲，是什麼樣的感覺？」方逢時問他。

艾佛夏歪頭想了下，「Anthony他，是個很有企圖心的人。」

他意味深長地說著。

「他是新人，有企圖心無可厚非。但我本來以為自己很了解他，這些日子相處下來，才發現我所認識的他，可能並不是全部的他。」

兩人聊得酒酣耳熱，艾佛夏不愧是酒池肉林裡滾過來的，方家小妹妹完全不是對手，沒過午夜便躺屍在沙發上。

「艾……佛夏……要娶我哥……先交出安哥來……當聘禮……」

方逢時還醉得說胡話，聽得方逢源和艾佛夏相視苦笑。

艾佛夏體貼地替方逢源扛妹妹進房，收拾一桌子的狼藉。

「我也該回去了。」艾佛夏直起身，從沙發上拿了晾乾的POLO衫套上。「明天是棚內拍攝，雖然是下午，但得先試裝，太晚回去的話，茂山哥大約又要吃血壓藥了。」

這話像是王宮午夜的鐘聲般，打醒了沉浸在某種氛圍中的方逢源。

他忙低下頭，「嗯，也是。週末我也有重要的事，得即早做準備。」

沉默橫亙在兩人間好一會兒，艾佛夏先開了口。

「所以我們還能再見面嗎？」艾佛夏問：「我是指，不涉及金錢的那種。」

方逢源抿了下唇，「約砲嗎？」

艾佛夏微露訝色。他伸出手來，方逢源以為他又要碰自己，本能地縮了下，但他卻伸手到方逢源胸口，撥弄那個捕夢網耳環。

「你能接受這種形式的話，我當然恭敬不如從命。」他笑笑，「但以我這些日子對你的認識，你不會接受這種半調子，對嗎？」

方逢源被他一語中的，低下頭沒說話，算是默認。

「我很喜歡你……打扮成你喜歡的樣子，但也喜歡你不打扮的樣子，就像現在這樣。」

艾佛夏看著穿著短褲T恤，還赤著腳的方逢源，喉結一滾。

「我上回說，不確定自己是不是gay什麼的，但其實我心底清楚，我跟盧其恩交往兩年，一次也沒成功對著她勃起過。但光是方才坐在那裡，看著你這樣子，我就硬得不得了，腦子裡全在幻想要怎麼狠狠侵犯你。」

露骨的情話讓方逢源耳根脹熱，他不自覺地退了一步，被艾佛夏捉住肩膀。

「Mountain說，我是因為想嘗鮮，等新鮮感過了就會膩味，但並不是這樣。你是不是穿著女裝、穿裙子還是褲子，對我來講一點差別也沒有，我想要的就是你，就只有你，方逢源。」

方逢源沉默了片刻。

「但若對我而言，有差別呢……？」他忽問。

艾佛夏怔了怔，方逢源輕輕推開了他。

「我說過很多次了，我是男的。」方逢源平復著呼吸，「伴遊的時候，因為是工作，我可以接受客人以他的幻想來看待我，但如果與錢無關，就沒有迎合的必要。我喜歡男人，但就像我說過的，我並不是女人，也從未用女人的眼光看待其他男人。」

艾佛夏混亂起來，「但你，呃，我是說……」

「你剛才說，想……侵犯我。」方逢源吞著口水，「你說你清楚我不是女性，但你還是把我當成……類似於女性的存在，但這並不是我希望的形式，夏哥。」

打從艾佛夏在大雨裡強吻他開始，方逢源便一直將這些話憋在心底，這時一口氣說出來，心裡也頗為忐忑。

得知艾佛夏對他真正的想法，說完全不動搖，那是騙人的。

事實上方逢源現在腿軟到得靠著牆才能勉強站穩。只怕這人一離開，方逢源就會在這幅全家福照下跪倒下來。

但該說的話還是得說，就像方逢源一直以來的生存原則。他無法妥協。

「……我明白了。」艾佛夏忽然苦笑了下，「這就是我演不好BL，也扮不好女裝的原因吧？」

「女裝？」彷彿聽見關鍵字般，方逢源眉頭一皺。

「嗯，是未解禁情報，從《這麼可愛》第二集開始，我的角色會有不少女裝場景，明天的試裝也是為了這個。」艾佛夏嘆了口氣。

「所以你才減重嗎……？」

艾佛夏點頭，「就像你說的，導演說男人和女人骨架差異大，女裝要好看，身形不能太壯。但我身高過高，要減到理想的BMI很困難。」

「你現在這樣，完全行不通。」方逢源說。

艾佛夏微露訝色，方逢源撫著下巴，繞著艾佛夏轉了一圈。

「你的肩膀太寬，瘦下來的只有胸部，導致你肩膀比胸部寬，是典型倒三角身材，如此一來除非你穿套頭，稍微有點露肩膀的衣服都會不堪入目。

「再來你的腰太粗，屁股卻沒有肉，女性脂肪容易堆積在臀部，因此八成的女褲女裙，臀線都會做得比腰線寬很多，你要嘛就只能穿蓬蓬裙，稍微顯露出身體曲線的都不行，不然就得在屁股上墊東西。」

艾佛夏聽得一愣一愣的，方逢源這才意識到自己一時激情說得太多，臉頰不由得熱燙起來。

「抱、抱歉。」方逢源低下頭，「我以前……剛開始裝扮自己時，做過很多嘗試、出過很多醜，為此吃了不少苦頭，我不希望有人和我犯同樣的錯誤。」

艾佛夏「噗哧」一聲，他止不住笑意，笑得雙肩顫抖。回頭見方逢源一臉羞窘，才連忙咳了聲。

「謝謝，我會好好參考你的建議的。」他柔聲說。

方逢源又凝視艾佛夏那張俊容半晌，才小聲地開口。

「你毛細孔太粗，要注意保養。至少前三天持續敷面膜，最近不要吃甜的，不可以熬夜，上妝前半小時內用冰水洗臉，可以讓皮膚緊緻一點，懂嗎？」

## Chapter 9

朱晶晶走進休息室時，見到男人被工作人員圍著，從梳妝鏡前站起來的身影。

男人穿了一襲黑色薄紗夜店風削肩連身長裙，裙裝背部鏤空，裸露出男人這幾個月來削瘦下來的背骨，襯上紗質布料緊裹著的圓臀，背後看上去引人遐想。

但一但繞到正面便破功了，男人似乎很不習慣窄裙，頻頻調整卡彈的胯間，平坦的胸部也撐不起用來凸顯事業線的領口，布料鬆垮垮地掛在那裡，胸肌展露無遺，頗有肯尼偷穿芭比衣服的尷尬感。

「唔……臀部墊了矽膠後，整體曲線是有好看一點，再加上長裙遮腿，身高問題也解決了，但胸口……」

朱晶晶的御用服裝組長Alice，就是上回說艾佛夏和路蘭神似的那位，和幾個服裝組的工作人員擰眉討論著，嚴肅程度堪比國際會議。

「不能墊胸部，畢竟設定上是唐秋實的身體。還是把領口改高一點呢？」

「就算解決胸部問題，腰到屁股這邊的曲線也還是很怪……」

朱晶晶聽見艾佛夏也加入討論，「還是把我的腰再弄細一點？比如束腰之類？」

「看來不太順利，是嗎？」

朱晶晶插了口，艾佛夏這時才注意到朱導演的存在，忙和服裝組的工作人員一起打招呼：「朱老師。」

朱導演走近艾佛夏，打量他在鏡中的「倩影」。

「……發生什麼事了嗎？」她忽問。

艾佛夏一怔，「什麼事……？」

「你今天拍攝狀況也變好了。」朱導演說：「雖然跟安東還是沒CP感，但明顯你身段放下不少。還有女裝，之前還一副穿裙子要了你的命的樣子，現在卻變得這麼積極，才不過幾天功夫，你做了什麼？」

那天下午拍攝第一集棚內最後的部分。唐秋實工作上出了錯，被客戶羞辱，而白樂光挺身出來保護他的經典橋段。

客戶拿熱咖啡潑灑拿著打樣簿的唐秋實，千鈞一髮之際白樂光擋在前頭，那杯咖啡便全灑在白樂光身上。

**「我不是要保護你。」**白樂光冷冷地說：**「是要保護那些打樣。」**

唐秋實十分愧疚，也第一次對白樂光改觀。

他到洗手間替白樂光清理西裝，中間各種肢體糾纏，兩人旖旎氛圍升至頂點。

**「白總……不，樂、樂光！」**

朱晶晶盯著DIT畫面，看艾佛夏一步向前，扯住徐安東衣襬。

**「那個……謝謝你剛剛幫我，還有、對不起。」**

導演和一旁工作人員都屏著氣，看著高大的艾佛夏像個嬌羞少女般低下頭，緩緩蹭近眼前的徐安東，把額頭抵在他寬闊的背脊上。

**「我先前一直對你有很多誤會，還說你是冷血動物什麼的。但我現在知道了，其實你人、人挺好的。」**

雖說接下來一鏡是腹黑的白樂光以人情為挾，要求唐秋實主動吻他，一到和徐安東的吻戲，艾佛夏便再度呈現喪屍狀態。但朱晶晶沒像之前一樣飆罵，只說晚點再補拍，就放過了兩人。

「跟你那天忽然離開有關嗎……？」朱晶晶問：「茂山跟我說，你貌似在跟人談感情，但他沒說是誰，也沒說男的女的。」

艾佛夏像吞了顆鵪鶉蛋一般，朱晶晶笑了聲。

「你別誤會，我不是要干涉你的私生活。」她聳聳肩，「雖然以導演的角度，我會希望你現在要戀愛，不如跟徐安東談，假戲真做也無妨，還比較好炒熱度，否則我都怕這戲被《惡警》搶走了風頭。」

《惡警捉迷藏》在換掉艾佛夏後，找了個專拍古裝的男演員，男演員和徐亞莉同屬悅聲經紀公司，等於該公司包辦男女主角。

由於臨時換角惹議，製片和徐亞莉的經紀公司都下了重本宣傳，和同樣掀起話題的《這麼可愛》分庭抗禮，甚至有蓋臺趨勢。

據韓茂山那裡得來的情報，《惡警》預定在國曆新年前後上檔，和《這麼可愛》的首集開播日期完美重疊，較勁意圖十分明確。

艾佛夏一陣窘迫，「朱老師，我……」

「跟你開玩笑的，我知道你跟安東不來電。」

朱晶晶搭住他肩膀，又笑起來。

「你呀，不是那種演什麼像什麼、演技派的演員，你這些年的作品我都看了，你幾乎都是憑感覺在演戲。而且你太習慣鏡頭了，對你而言，演戲就像吃飯喝水一樣，這有好處也有壞處，好處是不會失常，壞處就是你演戲沒緊張感，總少了那麼點激情，簡而言之就是太油。」

「老師……」

「我不是在怪你，童星十之八九都有這特質。」朱晶晶說：「只是對你這種演員來講，談感情有利有弊，方向對了，便水到渠成；錯了，你內在情感調節不過來，就只有沉淪的分。」

她瞄了艾佛夏一眼。

「但至少就目前看來，這段感情對你詮釋這個角色，是有正向幫助的。」她刻意嘆了口氣，「雖然你家惡公公對媳婦頗有微詞，成天拉著我抱怨，但你放心，我會站在你這邊的。」

艾佛夏仍坐在鏡前，此時終於忍不住開口。

「老師為什麼……會找我演這個角色？」

「什麼意思？」朱晶晶挑眉。

「就是……圈內比我長得可愛的男演員多的是，我雖然演過《好好先生》，但古朝陽充其量也只是比較弱氣的男性，跟這種……『受』的角色，還是有很大差距。」艾佛夏艱難地講出專有名詞。

「演攻的話，你就沒問題嗎？」朱晶晶問他。

艾佛夏一陣彆扭，「至少沒那麼困難。」

「你對演受有障礙，是因為你覺得BL中的受，接近男女關係中的女性嗎？」

艾佛夏思考了一下，點了點頭。

「確實一開始沒想找你，以你前陣子的情況，製片也不想跟你扯上關係，怕被牽連。這齣戲原本只找安東，我看了他的《深夜麵包坊》，覺得他很有潛力。」朱晶晶說了令他意外的情報：「那時我問安東，唐秋實這角色最想看誰演，他第一個就提了你的名字。」

「我……？」艾佛夏一怔。

「是啊，我當時跟你一樣反應，想說怎麼可能讓一線演員來接這種戲。但沒想到過沒多久，你就出了那些事。也算是你倆有緣，我也樂得天時地利人和。」

朱晶晶笑著說道，她很快又回到正題。

「你剛說受方像女性，並不完全正確，早期BL確實如此，受方的思維、地位，乃至於外觀，都不過是號稱帶了把的女人。但近期不同，近幾年BL作品中的受，更像是女性觀眾對男性的想像，所謂『女人眼中的男人』形象。」

艾佛夏聽得似懂非懂，朱晶晶問他：「你知道為什麼七成的BL作品，都以受方做為主角嗎？」

「跟床上體位有關？受方是被上的一方吧，女性看起來比較有代入感。」艾佛夏說。

「這也是一個原因，但近期BL作品中，以攻方視角帶入床戲的也不少。」朱晶晶說：「所以與其說代入感，不如說從受方身上，女性觀眾能看到更多不同男性的風貌。堅強、善妒、水性楊花、外柔內剛……比起多數還是依循男性刻板印象的攻方，受方的角色大都更多元，也更有趣。」

艾佛夏專心地聽著，朱晶晶再次望向他鏡中的形象。

「所以與其去思考『受方』該怎麼演，小莫，你不如去想，做為一個男人、一個男演員，你還可以呈現什麼樣貌？還有什麼是觀眾不曾從你身上看到的？」

朱導演離開休息室後不久，徐安東探頭進來。

「艾前輩，今天收工之後，跟大家一起去吃個飯嗎？助導他們訂了附近的法國鄉村菜餐廳，聽說很道地，還有包廂。」

艾佛夏剛換下那身洋裝，套上私服。徐安東似乎怕艾佛夏拒絕，又補充，「亞莉也會過來，她的戲剛殺青，你們兩個應該也很久沒見了，我有先徵得其他工作人員同意。」

艾佛夏禮貌地一笑，「今天晚上不行，我有重要的事。」

徐安東停頓了下，問：「……又是那個人？」

「那個人？」

「上週你忽然從外景現場離開，不就是被那個人叫走？茂山叔還發了一陣子火，說你被纏上，還說你腦袋不清楚。」徐安東擰眉，「我們都很擔心你，艾莫。」

艾佛夏聞言出了一會兒神。

「Anthony，如果一個男人，說他希望被當男人一樣對待，那是什麼意思？」他忽問。

徐安東怔了下，「唔，大概是希望你不要瞧不起他，把他當作對等的存在？」

「那如果……那個人是gay呢？」艾佛夏又問。

徐安東一時沒回話，艾佛夏便擰起眉，自顧自地念起來。

「我對男同的床事不是很了解，但單就看《雙軌》的感覺，不是總會有一個扮演男的，另一個比較接近女性嗎？當然我很清楚對方是男的，但以欲望而言，還是會有……想占有對方的念頭。」他求助似地看向徐安東，「這樣叫做沒有把他當男的看嗎？還是他的意思是想侵犯我？想上我？」

徐安東的眉眼間閃過一絲微不可見的陰霾。

「我不知道，我又不是gay。」他淡淡說。

艾佛夏像是醒覺過來一般，連忙笑說：「啊，抱歉，可能是跟你共演這種戲的關係，不知不覺就聊上了，我知道你不是同性戀。」

他從椅上站起來，「但我不去聚餐，跟旁人沒關，是要追直播。」

「直播？」這回換徐安東一愣。

「嗯，我在追一個虛擬主播，今天是他的生日直播。」

「你是說VTuber，你有在追V？」徐安東失笑。

「只追他而已，他叫『諾亞方糖』，很逗的名字吧？原先是因為他有cover我的歌，在網路上偶然搜尋到才開始追的，但不知不覺就掉坑了。」

徐安東苦笑，「這種虛擬人物，有什麼好看的？而且你不怕他背後是個肥宅大叔之類的？」

艾佛夏「哈哈」笑了聲。

「真是的話也無妨，但聽他講話方式應該不是。他聲線很美，不拘泥男聲女聲，會挑選最適合曲子的聲音詮釋歌曲，是很有才華的孩子。」

徐安東沒吭聲，艾佛夏便自顧自地說起來。

「他很有意思，一見之下有種高傲冷淡感，但其中又帶著某種叛逆……或者說堅持？而且性格穩重，遇到無腦攻擊他的酸民，雖然感覺得出怒氣，還是會努力忍耐。還有很細心，能察知粉絲的心情、給予最適當的對應，這點連幹這行這麼久的我也不見得能辦得到。」

他感嘆：「雖然是禁忌，但一次也好，真想見見方糖中之人的樣子啊。」

徐安東始終沉默著，半晌才苦笑了聲。

「……你還是跟以前一樣，對喜歡的東西這麼熱衷。」他說：「在巴黎那陣子你迷上甜品，還拉著我從街頭吃到街尾，點了菜單上每個品項，明明得控管卡路里，卻堅持每道都要吃上一口。我本來去巴黎只是想學廚，大概是被你影響了，才會動念想當甜點師傅。」

他思索片刻，又說：「如果只是追直播，我在應該沒差？不如我們去你家，我做晚飯給你吃，再一起追你說的那個V？」

# 這麼可愛<br>一定是男孩子

這回換艾佛夏愣了一下。

「呃，但是追直播很忙的，要斗內還要應援什麼的，我可能沒空顧你。」

「那倒無妨，反正我就負責餵飽你，我研究了低熱量的食譜，也問過茂山叔你的減重行程，不用擔心卡路里超標。」

艾佛夏還待說些什麼，但徐安東已搶在前頭。

「朱導說了，讓我們兩個最近多親近一點，對演好這齣戲有幫助，也才能營造出所謂的CP感。」他眨了下眼，「可不能違背她老人家的意思，對吧？」

# Chapter 10

# 第 10 章

方逢源戴上耳麥，調整好麥克風，坐在鏡頭前深吸了口氣。

「各位小螞蟻們，good night！我是即將成年的諾亞方糖爹斯～！」

方逢源把唇湊上麥克風，連動螢幕上盛裝打扮的少女動起來的瞬間，聊天室便像慶典一般瘋狂燥動起來。

「終於開始啦！」

「好期待！我已經等不及要聽方糖的新歌了！！」

方逢源瞄了一眼同時在線人數，約有一千五百人次，還在不斷上漲當中，訂閱數目前則是九千六百零三人，看來今晚破萬有望。

他看了一下斗內提示框，不少老粉絲也開始五十、一百塊的斗內起來，多數附言都是「生日快樂～」和「恭喜成年！」。

但為數眾多的紅黃框中，卻少了常見的那個暱稱。

方逢源納悶，以「黑糖佛卡夏」的狂熱程度，不太可能缺席生日直播。昨晚他還特別在新影片下回文，說是「很期待明天晚上的歌回」。

「哇，今天有好多小螞蟻啊！我數數，兩千六百、兩千七……晚點看會不會到五千人呢？要是到五千人的話，我就脫裙子給大家看……什麼？不用嗎？傷眼睛？你們這些螞蟻怎麼可以這麼壞？（男聲凶狠）

「那先介紹一下今天的流程囉，九點半到十一點半是談心時間，既然都要成年了，那今天就百無禁忌，問我什麼問題都可以喔！

「啊，為了避免被黃標，如果是太over的問題，還是麻煩用官推留言給我，方糖會適當馬賽克再回應大家。

# 這麼可愛一定是男孩子

「十二點時我們會播放小影片，是由方糖親自製作，從開臺到現在，方糖與小螞蟻們的回憶點滴。

「十二點後，方糖會演唱這次大家最期待的新曲……」

黑糖佛卡夏　贊助了您　$500.00元

留言：招呼客人遲到了！喔該死，我竟然沒趕上開頭！我自己加罰500！

黑糖佛卡夏　贊助了您　$500.00元

聊天室跳出醒目的黃框，方逢源看粉絲們熟門熟路地刷起「親爹晚安！」、「螞蟻警長來啦！今晚蔗田的安危就靠你啦！」、「道歉沒有個四位數斗內是不行的喲」，心底也鬆了口氣。

他同時也覺得感慨，明明現實生活中是陌生人，他和佛卡夏若是在路上擦肩而過，可能還不認得彼此，方逢源連他是男是女都不曉得。

但他現在卻會因為少了這個人，而感到不安。

生日直播前，官推便已募集了粉絲的各種Q&A，多達數百則，方逢時替他篩選掉了重覆和來亂的，整理成清單。

「諾亞方糖」出道時設定為十七歲，而過了生日，就是十八歲成年。

也因此問題充斥著「方糖成年後第一件事想做什麼？」、「有看色色片慶祝自己轉大人嗎？」還有不少詢問方糖的性向設定、喜歡的對象類型之類的。

「那事不宜遲，我們就來回答第一個問題吧！方糖究竟喜歡男生，還是喜歡女生呢？

「唔～這個問題有點困難耶，因為方糖沒有戀愛經驗啊！是真的喔，方糖覺得談戀愛是件麻煩的事。因為啊，要是跟什麼人交往，就得顧慮那個人不是嗎？工作、家庭，還有他的行程、身體狀況……

「還要擔心對方是否還喜歡自己，是不是自己的喜歡，比對方要多上那麼一點。又或者是自己不再愛了，對方卻還想跟自己保持關係時，該怎麼解決等等問題……總之很煩人啊！

「什麼？不要轉移話題？你們這些小螞蟻真的很奸巧耶（男聲無奈）。好啦，真要說的話，我喜歡雄螞蟻多一點點。」

黑糖佛卡夏　贊助了您　$500.00元

留言：喔耶！我是雄螞蟻！選我選我！

方逢源笑出聲來，雖然下面馬上一堆跟風仔，「雄螞蟻二號！」、「雄螞蟻八七號！」、「我是雌的但為了方糖我可以性轉！」

「但話是這麼說，我也沒有真的跟螞蟻交往過就是了。嗯？為什麼？因為我擔心被搬走吃掉啊（男聲加重低音效果）。

「不開玩笑了，怎麼說呢？我不喜歡很多雄螞蟻看方糖的眼光。因為方糖長成這麼可愛的樣子（閃光旋轉特效），雄螞蟻都會把我當成女生，用對待一般女生的方式對待我。

「像是替我穿鞋、摸我的頭、自顧自地說要保護我……或是強吻我之類的。」

方逢源有些走神，腦子裡浮現大雨裡那個身影、那雙眼睛，那個突如其來，淹沒他感官的溫度。

「……但我並不想成為女孩子，也不想被人視作女孩子。即使方糖外表再怎麼可愛，都是男孩子……我希望我喜歡的人也能夠接受這件事。」

聊天室裡跳出「方糖剛說的情境是不是有點具體？」、「很可疑喔～」的質疑，方逢源正想無視繼續答下一題，推特便跳出DM通知。

# 這麼可愛
# 一定是男孩子

來自@BonbonFocaccia2 的私人訊息：

現在還可以提問嗎？

抱歉又DM你，我是黑糖佛卡夏啦！我平常追直播的電腦現在有客人在用，我不想讓他知道我在傳私訊，所以用了手機裡的小帳。

我想問方糖，方糖剛才說，不希望喜歡的人以對待女孩的樣子對待你，但「男人的樣子」和「女人的樣子」，真有那麼不同嗎？

啊，會這樣問，是因為最近我被要求扮女裝，表演出「女人的樣子」。

但這讓我很納悶，所謂「女人的樣子」是指什麼呢？如果說男人的樣子可以多種多樣，那女人的樣子，不是也該一樣嗎？就麻煩方糖解惑了。

「啪」地一聲，是方逢源身前的麥克風被撞倒的聲音。

機械發出刺耳的「嗶」聲，方逢源卻置若罔聞，只是盯著螢幕上與他同樣成呆滯狀的諾亞方糖人偶。

這些日子以來，方逢源追遍了艾佛夏的戲劇和節目，雖然算不上狂粉，但四捨五入也算是掉小太陽坑了。

他訂閱了七、八個艾佛夏的粉專，幾個發漏艾佛夏演藝新聞的BOT，當然也追蹤了艾佛夏的推特官帳。

「BonbonFocaccia」，是艾佛夏的官推帳號，一個字母不差。

雖然這帳號加了個「2」，很可能只是仿帳。常理來說，大明星艾佛夏無腦到拿跟本帳如此相像的私帳來DM他的機率也不高。

但這個人說，他被要求扮女裝，因而感到困擾。

而某位大明星，就在幾天前的晚上，也以困擾的表情向他求教，說不知道該怎麼調適扮女裝的心情。那位大明星還曾提及愛吃佛卡夏，說讓他想起VTuber，方逢源當時還想說你是咧講啥潲（你是在說什麼鬼話）。

佛卡夏是艾佛夏的狂粉，只要水管有人罵艾佛夏必出征，還老是點播艾佛夏的歌讓他唱。

佛卡夏在他們開房間那晚問他：『約砲對象說自己沒有性經驗，是真的嗎？』

實在太蠢了。方逢源心想，枉費他從小到大還常被人誇心思細膩，結果這麼多證據擺在眼前，他竟像瞎了一樣無知無覺。

方逢源用雙手壓住眼睛，唇瓣微顫，在察覺之前，淚水已盈滿眼眶。

他吸著氣、狼狽地抹著眼角，但淚水還是停不下來，只能任由它奔流過臉頰。

攝影機捕捉不到眼淚，因此螢幕上的方糖，就像是忽然起乩一樣，眼角抽動個不停，嘴唇無意義地翕動著。

聊天室開始有人注意到異狀。

「方糖怎麼啦？」

「身體不舒服嗎？」

「是設備出問題？人太多了我這裡也一直lag」

方逢源看見黑糖佛卡夏也發言了。

「方糖這是在哭嗎？」

……啊，原來世界上，真的有奇蹟啊。

方逢源又吸了次鼻子，忍不住破涕為笑。

他始終以為，奇蹟這種事不會發生，就像從前的他曾經不只一次祈禱，他會在某條路上偶遇父親，母親會回心轉意愛上父親。又或者學校有天會忽然宣布，男同學也可以穿裙子。

但這些事情一件也沒發生。因此方逢源很早便明白了，奇蹟什麼的，只是人類在殘酷的機率學下，衍生出來的妄想罷了。

黑糖佛卡夏就是艾佛夏。

在他與艾佛夏，這個他以為遙不可及的大明星相遇前，他們就已經在茫茫人海中，找到了彼此。

不單如此，就像他憧憬艾佛夏一樣。他的大明星，也同樣憧憬著他。

除了奇蹟，誰能解釋這種事？

或許是他太久沒出聲，黑糖佛卡夏和幾個粉絲又默默地在聊天室斗內起來，內容不外乎都是給他加油打氣。

房門突然被撞開，戴著耳麥的方逢時闖進來。

「怎麼回事？為什麼卡住？不是都換最高速網路了嗎？可惡我要吉種花電信，收那麼多錢卻是這種品質……老哥？」

方逢源像幼時一樣，蜷縮在旋轉椅上，用兩手抱著大腿，把臉埋進膝蓋裡，身體竟微微發抖。

方逢時大驚失色，「怎麼了哥，發生什麼事了?!」

方逢源緩緩抬起頭來，方逢時見他臉上滿是眼痕，但唇角卻是微微揚著，更加丈二金剛摸不著頭緒。

「……我沒事，不，應該說，我很好，好得不能再好了。」

方逢源吸了下鼻氣，竟又咯咯笑起來，方逢時一臉看到自家哥哥起痟（發瘋）的表情，但方逢源對她搖了搖頭。

「可以準備幫我切換成男皮嗎，小時？」

為了怕影響直播品質，方逢時在直播時都是在隔壁房間，以螢幕同步方式監控動態模組的運作。

確認方逢時回到電腦前，方逢源重新打開了麥克風，再次深呼吸。

「各位螞蟻們，就快到午夜啦！提到午夜十二點，螞蟻們有想到什麼嗎？

「沒錯，大家應該都聽過那個童話故事吧？身世淒慘的灰姑娘仙度瑞拉，受到神仙教母的幫助，在身上施了魔法，穿上本不該屬於她的服裝，來到她夢寐以求的宮殿，邂逅了王子殿下。

「神仙教母告訴她，午夜過後，魔法會失效，仙度瑞拉會穿回人們認為她原本該穿的服裝。

「她深怕沒了那些服裝，王子會看穿她的真面目、進而討厭她，所以在午夜十二點鐘聲響起那刻，從宮殿裡逃跑了。」

方逢源調高音量，頻道傳出「噹、噹」的鐘響，迴蕩在房間裡。

「她不斷地、不斷地跑著，以前有人告訴過她，只要速度夠快的話，就能夠逃離一切不愉快的事物，到任何她想去的地方。

「但沒想到，王子竟追了出來。兩人你追我跑，跑過宮殿，跑進森林，王子不知為何體力超好，仙度瑞拉又穿著不習慣的玻璃鞋，好幾次差點被追上。

「最後仙度瑞拉實在跑不動了，她脫下其中一隻玻璃鞋，扔向王子的臉，對著王子大吼：『你他媽的可以不要再追我了嗎！真正的我，根本配不上你啊！』」

有人在聊天室裡刷了「跟小時候聽的好像有點不一樣」、「這個仙度瑞拉有點聳鬚（囂張）」，但多數粉絲都刷著「乖巧聽講」的貼圖。

「仙度瑞拉逃回家裡，她身上的服裝，隨著魔法失效而消失，只剩下腳上那隻玻璃鞋閃閃發光。她看著那隻鞋，回想起王子牽著她的手、翩翩起舞的情景，忍不住落下淚光。

「她知道自己是不可能得到王子的。該和王子在一起的，是那些穿著與身分相應服裝的人們，像她這種得依靠魔法換裝，才能換得一時半刻喘息的冒牌貨，王子是永遠不可能愛上她的。

「仙度瑞拉越想越難過，她在空無一人的房間裡，唱起了歌。」

音效鐘響戛然而止，方逢源看了眼計時器，已然午夜十二點整。

方逢時用私訊傳來「準備完了」的訊息，方逢源按下切換指令，螢幕上的方糖渾身冒出彩色泡泡，被七彩的光芒包裹。

以方糖髮圈束起的雙馬尾消失，變成軍人般短髮，耳環、項鍊、高跟靴，還有那身糖果圖樣的洋裝，也像魔法解除一般，從「諾亞方糖」身上消失無蹤。

聊天室彷彿屏住了氣息，看著螢幕上那個有著和方糖相仿的五官，素顏、短髮、穿著T恤短褲，手上還拿著麥克風的男孩，一時竟沒有半個粉絲出聲。

**黑糖佛卡夏　贊助了您　$5000.00元**

留言：你真美。

螢幕上的男裝人偶拿起麥克風，露出最甜美的笑容。

「那麼，就讓成年的方糖來為各位螞蟻們獻唱一曲，原創曲〈被喜歡的自信〉……大家要認真聽喔！」

R大商圈廣場上，出現了一個神祕的身影。

這人穿著浮誇的紅色開高衩曳地旗袍，腳下卻是Nike運動鞋。他身材高大，一看即知是男性，但不知為何戴了頂醒目的金色鮑伯頭假髮，更可怕的是還戴著墨鏡口罩，看上去活像某種療養院逃出來的人一樣。

男人頻頻看著手機，像在等待著什麼人。

而商圈另一頭，出現了一位亮眼的女孩。

女孩留著絹絲一般柔順的黑長直髮，穿著剪裁俐落的幾何圖案撞色圍裙式洋裝，內搭長袖針織米色毛衣，腳下是與此相襯的麂皮牛津短靴，配上丹尼數六十的黑色透膚絲襪，更顯女孩身形細長。

男人看到女孩，開心地舉起手。女孩卻像看到鬼一樣，瞬間往後退了數步。

「……你這是在做什麼？」

方逢源看著眼前的鮑伯頭旗袍怪叔叔，倒吸了口冷氣。

「呃，不是要去女裝店裡逛，我就想說打扮得女性化一點。這件是上次安古蘭尾牙時，主任他們買給我穿的。」艾佛夏滿臉無辜。

「……你在開玩笑嗎？你是不是看不起男扮女裝？」

艾佛夏忙笑說：「不敢，我是很認真要向你學習的，圓老師。」

他望了眼長直髮的方逢源，「你今天真是太美了，小圓。」他讚嘆。

諾亞方糖生日直播結束的那天深夜，艾佛夏收到了方逢源的私訊。

生不逢源：要我教你怎麼扮好女裝嗎？

他剛送徐安東離開他的寓所。他的共演者本來還打算留下來過夜，但艾佛夏委婉地以明天一早

# 這麼可愛一定是男孩子

還有拍攝，自己想好好休息為由拒絕了。

也好在徐安東回去了，否則應該會覺得當時的他像神經病。

他立即從沙發上跳起，到落地窗外深呼吸冷靜，用顫抖的手回覆了邀約。

那之後一整晚，艾佛夏都身處至福的雲端。

他重播著「諾亞方糖」的新歌〈被喜歡的自信〉當BGM，在地毯上滾來滾去，間或發出會被警察逮捕程度的痴漢笑聲，就這麼持續到夜深。

但《這麼可愛》拍攝日程緊湊，即使艾佛夏想立刻飛去見方逢源，也不得不妥善安排行程。

方逢源先傳了高達五百MB的PDF檔文件過來，上面密密麻麻地寫滿了與男扮女裝相關的各種注意事項。

首先是塑身，除了最基本的減重、瘦手臂大腿等有氧運動，還包括如何讓腰圍和臀型在視覺上接近女性的祕方。

方逢源要艾佛夏每日至少照表操課一遍，等見面那天驗收成果。

艾莫能助：這些你自己都有做嗎……？

生不逢源：十三歲就開始了，次數是那上面寫的三倍。

若只是健身那倒還罷了，雖說種類有所不同，艾佛夏對身材控管並不陌生。

但方逢源的指示裡，還包括了各種保養祕訣。髮質、皮膚、指甲乃至於眼睫毛，艾佛夏看著檔案裡長達二十頁的去角質手法，覺得根本看見新世界。

艾佛夏得承認，他本來是想藉口讓方逢源教他之名，行親近之實，可謂項莊穿裙、意在沛公。

雖然不知道是什麼讓這個男孩放下矜持，主動親近他，但艾佛夏知道他得好好把握這次機

## Chapter 10

會，否則他的灰姑娘又會跑得無影無蹤。

但實際拜師之後，艾佛夏才發現，面對女裝的方逢源，嚴格到令艾佛夏毛骨悚然的地步。

他讓艾佛夏每天近距離拍攝自己的膚質，傳過去給他驗收成果，還讓艾佛夏錄下他瘦前臂的影片，務必做到每個動作盡善盡美。

他還教艾佛夏怎麼拔鬍子細毛、怎麼消除男性獨有的頷骨稜角、怎麼讓喉結不明顯，一說教起來就是數百則LINE，常傳到三更半夜都還在叮叮咚咚。

有時艾佛夏遇到困難，文字說不清楚，乾脆直接熱線。

時間久了，除了教學，艾佛夏也會提些拍戲中的趣事，而方逢源也會跟他抱怨生活瑣事，比如方逢時又把女用內褲和襪子混在一起洗之類的。

兩人天南地北地聊，醒覺過來經常已是曙光初露，卻沒人捨得先掛電話。

生不逢源：要扮好女裝，首先要從選擇適合自己的女裝開始學起。

　　最理想的當然是自己做衣服，但讓你從頭學裁縫太難了，先學會怎麼逛街買衣服吧，你哪天比較有空？

拜那些魔鬼訓練之賜，艾佛夏再見到方逢源，看那一身毫無違和感的小圓流女裝，心底除了讚嘆外，還多了佩服，只差點沒跪下來叫一聲師傅。

「你怎麼黑眼圈這麼重？有照我教的，睡前一小時禁飲水嗎？」

方逢源的聲音叫醒了艾佛夏，他忙回神。

「唔，有是有，但昨天太晚睡了。」

兩人從會面點步行到方逢源挑選的服飾店，為了不被跟拍同框，還特地前後隔了五公尺走

## 這麼可愛一定是男孩子

路，也盡可能挑人少的巷弄走。

「睡眠時間至少要滿八小時，否則皮膚會老化得很快。」方逢源叮囑他。

「我知道，但昨天我追直播看到欲罷不能。」艾佛夏笑說。

方逢源一怔，「直播？諾亞方糖的嗎？」

「是呀，你怎麼知道？莫非你也開始追這個主播了？」艾佛夏沒有心機地笑著。

「……昨晚直播九點就結束了，哪來的熬夜追直播？」方逢源問。他知道今天要和艾佛夏碰面，還特別提早結束直播。

「喔，因為結束之後，我又看了一次回顧，還順手剪了一點切片，不知不覺就熬到半夜兩點。」

艾佛夏臉露歉意，但他又雙眼放光。

「對了，那他的生日直播你有看嗎？那首原創曲超棒的對不對！〈被喜歡的自信〉，感覺是從我的歌〈被討厭的勇氣〉裡得到靈感的，啊，我不是說方糖抄襲我喔！只是有致敬感。剛好他的cover集裡也有我那首歌，你覺得他是不是有點喜歡我？如果我邀他合作的話，不知道有沒有譜啊？哈哈哈哈……」

方逢源在一旁心虛到不行。自從知道「黑糖佛卡夏」就是艾佛夏後，方逢源固然是亂感動了一把，本來有衝動要直接向艾佛夏坦白，來個相見歡，但轉念一想又覺得不安。

虛擬主播背後的真人，網路上多稱呼為「中之人」，在行規裡被默認是禁忌，除了不能公開討論，部分粉絲其實很排斥看見主播的真人樣貌。

以黑糖佛卡夏直播時，總是和他刻意保持距離、守之以禮的態度，方逢源覺得他很可能是不想知道那派。

方逢源更擔心的是，以黑糖佛卡夏對諾亞方糖的狂熱，要是知道背後是他這麼一個平凡至極的男孩，只怕幻想泡泡會破滅，因此粉轉黑也說不一定。

兩人抵達的服飾店，藏身在百貨商圈不起眼的巷弄中。裡頭衣服汗牛充棟，從地板一路堆疊到天花板，連走路都有困難。

艾佛夏環顧著店內，「這裡是……」

「成衣古著店，就是二手衣飾店，我從國中開始就在這裡買衣服。這間店價格合理，老闆也很有眼光，衣服很多樣化，不管什麼身材的人，應該都能找到適合的服裝。」

「你身上的衣服也是在這買的嗎？」艾佛夏好奇地問。

「那倒不是，今天這套one piece是我自己做的。」方逢源說。

「自己做的？」艾佛夏睜大眼。

「嗯，市售女裝九成九貼合女性骨架，我就算再修飾身材，也還是有無法盡善盡美的地方，所以我才自學裁縫，現在有六成衣服都是自己改的。」

方逢源和一個看上去五十出頭、留著灰色長髮，頗有雅痞風的老闆打了招呼。為了迎接大明星駕臨，方逢源事先跟店家商量過，讓他清空整間店一上午。

「小圓，你還是這麼美啊！」老闆對著方逢源讚嘆，又望向他身後已經拿下鮑伯頭和口罩的艾佛夏，「喔，你就是那個小圓的學生？你真幸運，圓老師願意出馬指導你，可要好好跟他學啊！包管你一輩子受用不盡。」

艾佛夏壓低聲音，「他不知道我是誰嗎……？」

方逢源也壓低聲音，「老闆不看電視、也沒手機，是很特立獨行的人，我都叫他老神仙。」

方逢源要艾佛夏自己先選一套衣服，再讓他做鑑定。

# 這麼可愛
# 一定是男孩子

艾佛夏宛如新手獵人入叢林。他七歲就踏入演藝圈，身上穿的也好，用的也好，都有專人幫忙打點。不要說女裝，連男裝都沒自己挑過幾次。

但面對目光銳利的方逢源，艾佛夏只得硬著頭皮上陣。

他搜索著腦內方逢源的女裝指南，方逢源說他身高太高，絕對不能穿短褲或迷你裙，會變成走動的猥褻物品。

艾佛夏先挑了件絨面鏤空長裙，搭配公主袖綁帶蝴蝶結上衣。

他在鏡前比了一下，又補了條復古中世紀馬甲皮帶，以免再被方逢源嫌腰粗。

古著店也有賣鞋，艾佛夏挑了雙民族風及踝低跟麂皮靴，這也是方逢源的教導，他說艾佛夏腳骨已經太長，不宜穿厚底或高跟鞋拉長戰線。

他把挑選的衣服拿給方逢源審核，方逢源卻說：「你去換上。」

艾佛夏眨眼，「在這裡穿嗎？」

方逢源挑眉，「當然，你買衣服不試穿的嗎？」

艾佛夏只得認命蹭進更衣間。他發現打從師生關係成立後，方逢源對他的態度越來越不客氣。

這讓艾佛夏一方面覺得高興，代表他的小圓已經不把他當外人，但一方面又心情複雜。

他發覺自己一直以來，都將方逢源視作小弟弟一樣的存在，又或者是做服務業的，總之是矮自己一截的存在。

這是他第一次有立場互換的感覺。艾佛夏也說不上來，就是一種劣等感，和他與徐安東對吻戲時的彆扭感很類似。

艾佛夏在鏡前套上長裙，穿上衣時卻遇到困難，他扣不到上衣後面的繩釦，手臂都快扭了還對不準，只得就這麼掛著。心底不禁腹誹女裝設計師都找人麻煩，竟把釦子做在這種違反人體工學的地方。

鞋子也頗令他困惑，他挑鞋時明明比過尺寸，實際試穿才發現太小，腳板壓根兒擠不進去。

但現在出去換鞋又有失顏面，艾佛夏只能像仙度瑞拉的姊姊們那樣，把大腳丫硬卡進扭曲的鞋皮底端。

艾佛夏足足換了半小時衣服，從更衣間走出來時像便祕三天一樣。

他一拐一拐地走到方逢源面前，不敢去看心上人的臉。

「怎麼樣……？」他怯生生地問。

其實不用方逢源回答，艾佛夏自己就知道答案。

只見落地鏡裡映出的，是個一百八十公分高，穿著歪斜長裙、上衣鬆垮到露出胸肌，鞋子因為不合腳，穿得一高一低，而腰間馬甲更是悲慘，勒得像是肉粽一般，妥妥實實的女裝癖變態男子。

方逢源坐在椅上，抱著雙臂、交疊著裙下美腿，心平靜氣地問他。

「你覺得你犯了哪些錯？」

「呃……鞋子不合腳？」

「這是其中一個，女鞋鞋底尺寸和踝圍經常不同，你挑的那雙沒有鬆緊或帶孔，無法調整大小，如果硬要選這雙，至少得挑比你腳板大一吋的鞋。」方逢源耐心指導著，「還有呢？」

「……我扣不到上衣的釦子。」

這似乎頗出方逢源意料，但他很快點頭。

「也是，一般男性一輩子沒穿過胸罩，背後合釦需要練習，但這並不是你最嚴重的問題。」

方逢源嘆了口氣，「你挑選絨面材質的裙子，這是對的，絨面比緞面或棉質更不顯身材，可以遮掩你太過粗壯的臀腿。但你卻選了鏤空裙，我從這裡就可以看見你的大腿肌肉，以藏拙而言相當失敗。」

「再來是配色，淺色顯胖，這個不用我講你應該也知道。你雖然挑了深色上衣，卻是短板，短板是在展現腰部曲線時的利器，特別是有小腹的女性，將視覺集中在中上段，有助於讓人忽略下段的不完美，但你的身材恰恰相反。」

方逢源從椅上站了起來，在他周身繞行。

「最悲劇的是這條腰帶，你腰圍本就粗，還選了寬版腰帶，寬版有放大效果，你看你的腹肌都顯出來了。若非挑腰帶不可，垂墜式細帶會更適合你。」

方逢源走到一旁配件區，從架上選了條皮製虹色編織細腰帶下來。

他走到艾佛夏身後。艾佛夏屏住呼吸，感覺男孩冰涼的手指自後摸上他的腰，三兩下解開他剛才綁到快往生的馬甲繫繩。

他又繞到艾佛夏身前，低眉信目，在繁複的墜飾間忙碌。

艾佛夏望著他如絲緞的髮頂，還有假髮下若隱若現、戴著金色耳環的小巧耳殼，剛忍住伸手觸碰的欲望，方逢源便已抬頭。

「好了，你看看。」

艾佛夏看了眼落地鏡，只見墜帶遮掩了長裙鏤空處，方逢源還細心地將同色墜帶分成數縷，在腰間散開，在視覺上修飾了艾佛夏的腰身，果然順眼許多。

「……好厲害。」艾佛夏忍不住讚嘆。

方逢源又從架上拿了好幾件深色上衣，「跟你選的款式相類似，但都是長版。你眼光是不錯，就是對自己的男性肉體不夠有覺悟，你把這些全換上一遍，順便練習背後繫結的功夫。」

## Chapter 10

兩個男人忙活大半天，艾佛夏頻繁進出更衣室，換衣換到皮膚都要著火了，直到日正當中，老神仙來說他得開店了，方逢源才終於肯放過他的學生。

方逢源讓全副女裝的艾佛夏坐在化妝鏡前，扛出兩大箱化妝品家私。

「閉上眼睛，別亂動。」他猶如施法前的神仙教母。

雖說艾佛夏人生中少不了化妝，但男性的妝容相對簡單，艾佛夏人設也不適合娘氣，平常即使上鏡，最多就是打個粉底、修一下眉毛的程度。

方逢源先替他上了保養品，他從乳液開始，隔離霜、遮暇霜、粉底液，一層層打底上去。

他又替艾佛夏上眼妝，艾佛夏看眼影盤多達十數色，方逢源挑了其中六色，在眼角、眼尾、眼皮、上睫、下睫和淚溝都上了不同圖層，細膩宛如作畫。

艾佛夏大氣不敢喘一口，方逢源那張精緻的小臉近在眼前，墨黑的眼瞳專注異常，塗了粉色唇蜜的唇瓣更誘人心魂。

最後方逢源替艾佛夏上了酒紅色的唇膏，把落地鏡推到艾佛夏身前。

艾佛夏深深吸了口氣。

他怔怔看著鏡中的自己，白色鏤空長裙、黑色蕾絲上衣、虹色垂墜腰帶，還有方逢源替他準備的過耳金色長鬈假髮，稱上恰到好處的細緻妝容。

最醒目的莫過於腳上的鞋，方逢源為他挑了雙與唇膏同色的低跟尖頭鞋，完美修飾了他的腳板，艾佛夏在鏡前略提裙襬，酒紅的鞋頭襯托著潔白的腳背，從裙縫探出頭來，有種莫名的淫豔感。

艾佛夏恍惚想起幼時看過，那個他在世上最陌生，也最熟悉的女人，初次在螢幕上登場時，依稀也是這副模樣。

# 這麼可愛一定是男孩子

這讓艾佛夏有些慌亂，一時竟無法動彈，彷彿被鏡中形象定住一般。

這時老神仙探頭過來，對著艾佛夏吹了聲口哨，「喲，還不錯嘛，看不出來你這小子也是個美人呢！」他才驚醒過來。

艾佛夏回過首，發現方逢源也正呆望著他，察覺他的視線，才慌忙別過頭。

「……嗯，還不錯。」

方逢源提議讓艾佛夏用這副樣子到處走走逛逛，艾佛夏看著自己鏡中模樣，只怕和韓茂山擦肩而過，也沒法認出他來，便欣然同意。

兩人沿著商圈人行道走著，不少人對他們行注目禮。

艾佛夏從商店的落地窗裡看去，長直黑髮的清純女大學生，身邊跟著一名瑪莉蓮夢露型的金髮性感豔星，這組合確實吸睛。艾佛夏想換作是以前的他，看見這兩個女生應該會想搭訕。

這讓艾佛夏有種莫名的興奮感，他刻意走了一字步，用手撩著那頭金色鬈髮，在人前盡情展露魅態。

有個男性上班族直盯著他，艾佛夏還對他拋了個媚眼，「Bonjour monsieur!（日安，先生）」

但這興奮感持續不到十五分鐘，跟鞋加上艾佛夏的體重，讓他踝骨發疼。

而比踝骨更痛的是腳趾，鞋頭撞擊小指邊緣，到最後艾佛夏每走一步，都像人魚公主上岸一般痛如刀割。

到最後他實在顧不得尊嚴，對著穿著高達八公分別針鞋跟、尚自健步如飛的方逢源，人生第一次痛哭求饒。

方逢源帶著他到附近的河濱公園，這天冬陽普照，兩人挑了個人少的階梯坐下，艾佛夏迫不及待地脫下那雙跟鞋，在晴空下舒展他的腳丫。

「啊啊啊——得救了！我的腳！」他用手猛揉著小指和腳跟，抱怨道：「怎麼會有人想穿這種鞋走路？根本欺負人嘛！女孩子也太可憐了。」

方逢源在一旁說：「跟鞋的痛苦只在一開始，我國中剛開始穿跟鞋時，腳上每天都貼滿OK繃。但習慣之後，小指外側生繭，就不會疼了，有時連腳骨形狀都會跟著改變。」

「但有必要做到這種地步嗎？不穿跟鞋的女性也很美啊？」

「美還有更美，最近也有不少用厚底鞋、內增高鞋代替跟鞋的潮流，但以修飾體態而言，跟鞋還是很難被完全取代。」方逢源看了他一眼，「就像演員，即使夏哥你已經很紅了，還是希望能演好每一部戲，追求更高的領域，這和那些努力是一樣的。」

艾佛夏怔愣了下。

不得不說今天以前，艾佛夏即使配合著方逢源的教學，但他始終認為，女裝就是找人麻煩。

他在演藝圈二十年，看盡了女星爭奇鬥豔、無所不用其極，表面誇讚她們美麗動人，內心深處其實對那些扮裝帶著鄙夷。

但方逢源卻說，他和自己是一樣的。

艾佛夏忽然有種徐徐的感動，像細流一樣，流過痛得要死的腳踝，緩緩淌進他心口，連帶被磨得快減半的小指，好像也不那麼疼了。

「這個是劇本嗎……？」

他聽見方逢源忽問，往自己隨身包裡看。

「喔，對，是第二集Act7的劇本，就是我得穿著女裝演的第一個鏡頭，我想說一併帶過來，說不定用得上。」艾佛夏苦笑。

得到首肯後，方逢源拿起劇本翻了下，「好懷念啊，很久沒看到劇本了。」

艾佛夏有些意外，「你演過戲？」

方逢源搖頭，「是我爸媽。我小時候常跟著他們巡演，我爸曾教我看劇本，但這跟我小時候看的很不一樣就是了。」

「嗯，影視和舞臺劇本不同，舞臺劇大多是連綴的，只要沒有換幕，也不需要考慮分鏡問題，但影視最重要的是鏡位。」

他指著方逢源膝上的劇本。

「你看這裡，還有這裡，不是有編號嗎？每個編號都是一個鏡位，演員演到這裡時就要cut，有時候一場床戲，就要分上十幾二十個鏡位。」

「這麼多嗎？」

或許是艾佛夏提起「床戲」的緣故，方逢源耳根微微泛紅。

「這還算少的，有的導演對鏡位要求比較龜毛，數百鏡都是常見的事。比如把人壓倒在床上、接吻這一個簡單動作，就得從我的臉、對方的臉，床頭、床尾各拍一次，搞到最後不像在上床，比較像在擺pose，導演還要求你入戲，即便床邊盯著你看的人比一個足球隊還多。」

方逢源咋舌，「演員真是不容易。」

艾佛夏方才被方逢源那一通震撼教育，自尊心好不容易獲得平反，忙故作輕鬆地聳聳肩。

「也還好，我從小就被我爸帶著演戲，對我來講，片場就是我的日常生活。何況演戲這檔事，說穿了就是扮演另一個人，那些導演、觀眾盯的人並不是你，而是你所扮演的角色。」

艾佛夏的眼神閃過一絲深邃。

「一但意識到這點，你就不會覺得不自在，還會覺得有趣，因為真正的你躲在看不見的地方，誰也找不著你。」

「你沒想過做其他的事嗎？」方逢源問：「唔，我是說，從小就被人決定好以後要做什麼，會不會覺得有點無趣？」

艾佛夏笑了笑，「演員要紅起來不容易，我看過太多拚死拚活半輩子，到頭來卻得去第四臺賣藥才能生活的同行。比起他們，我爸從一開始就幫我把路鋪好，我要是再埋怨，就太不知足了。」

他問方逢源：「那你呢？你沒想過要演舞臺嗎？像你爸媽那樣。」

方逢源猶豫了一下，才答：「我爸一直都想讓我和小時繼承劇團，他教了我很多東西，我小時候有跳芭蕾、學過一點基礎樂理，琅久叔……以前有個團員很擅長變聲，還教了我不少用聲音表達情緒的技巧。」

「那為什麼後來沒有？」艾佛夏問。

「我媽不允許。」方逢源說：「她說演舞臺沒前途，不想我們步我爸的後塵，她希望我上大學，考個公務員或到大公司上班之類的。」

「原來如此，所以你成績才會這麼好。」

艾佛夏插口，方逢源一臉怔愣，「成績？你怎麼知道我的成績？」

艾佛夏心底暗叫一聲「糟了」，但他不愧是資深演員，立即裝沒事。

「猜的，因為你看起來就一副很會念書的樣子。」

這話不知觸動了方逢源什麼，他低下頭。

「我很討厭念書。但以前我和我媽處得不好，一直很怕她不要我，成績好點的話，我媽心情就會好，也會誇我，所以有陣子拚了命地在讀書。」

「為什麼處不好？」艾佛夏追問，雖然他隱約猜得到原因。

「我國中開始穿女裝，被我媽知道後，她沒收了我所有衣服首飾，禁足我整整一週。」果然方逢源說道：「她讓我對她發誓，今後再也不穿裙子、不化妝，我答應了。但有時實在忍耐不了，還是會偷偷戴個手鍊之類的，被發現了她就會把我關在家裡，不讓我出門，也不讓我去學校，同樣的情況發生過很多次。」

艾佛夏心想難怪方逢源的出勤日數如此不正常，本還以為他是被霸凌，沒想到是家庭因素。

「你父親呢？他也反對嗎？」艾佛夏又問。

方逢源有好一陣子的沉默，艾佛夏是頭一次聽他說這麼多自己的事，知道他正在試著對自己敞開心裡某處，也不去打擾他。

「我父親，在我國二那年，忽然失蹤了。」

這艾佛夏在徵信報告上看過，但他不便坦白，只得演出驚訝的樣子。

「怎麼會……？」

「是在曼谷失蹤的，到現在都沒消沒息。」方逢源說：「我媽一直在等，等滿七年跟法院申請死亡宣告，否則她和琅久叔沒辦法登記結婚，他們兩個在我爸失蹤前就在一起了。」

艾佛夏聽一向淡漠如水的方逢源，語氣難得染上幾分怨毒。

「但你父親失蹤前都沒什麼跡象嗎？單純氣你母親外遇？」艾佛夏問。

方逢源抿了下唇。

「我爸在失蹤前一天，曾經找我出去，到昭披耶河邊。」

「只找你嗎？」

「嗯。」方逢源說：「我爸應該是覺得，這個家裡面，只有我比較可能理解他，所以才挑了我談心，我媽至今都不曉得。」

「他跟你說了什麼？」

方逢源深吸了口氣，「他說，他想變成另一個人。」

「另一個人……？」

方逢源閉了閉眼。

「嗯，他說，他一直很羨慕我媽，可以打扮得花枝招展、在舞臺上吸引男人的目光，也羨慕小時可以愛穿什麼就穿什麼。他說他一點也不喜歡那身肌肉，他想要有美麗的曲線，想穿裙子、戴首飾、化漂亮的妝。」

艾佛夏回想徵信報告上方家父親的模樣，雖說不及韓茂山，也算是個健美型男，很難想像那個人穿上女裝的模樣。

「我當時有點惱火，我對他說，你想穿裙子、想戴首飾，不需要變成另一個人，現在就可以這麼做。」

方逢源不自覺地又抱住了膝蓋。

「但他對我笑，笑得很無奈。他說，事情不是這麼簡單。」方逢源說：「他說他曾經跟我媽溝通過，但我媽完全無法接受，我媽還警告他，如果他敢在我和小時面前顯露一丁半點這種傾向，她就會讓我爸後悔一輩子。」

「所以真的沒有嗎？你從沒看過你父親穿女裝？」艾佛夏問。

方逢源「嗯」了聲。

「所以我非常震驚，我爸還說，我媽自從知道他的……嗜好後，就不再跟他在一起，連碰都不讓他碰。他說他知道我媽和琅久叔外遇的事，還要我們不要怪她，說全是他的錯。」

「所以你父親……是gay嗎？他喜歡男人？」艾佛夏盡力理解著。

「我不清楚，但我那時候就隱約感覺得到，我爸想要的跟我並不一樣。」方逢源說著：「他還說，他本來想忍耐到我跟小時長大，但實在忍耐不了。對他來講，以這副模樣生活的每一天，對他而言都像地獄一般煎熬。」

艾佛夏見方逢源仰起頭，望著灰雲密布的天空。

「我哭著求他別離開我，但他說，為了變成另一個人，他需要很多很多的錢，可能還會有生命危險，為此他非離開不可，他不想拖累我們。」

方逢源把頭藏進雙臂間，艾佛夏觸碰他的肩，方逢源便忽然反過身來，將臉埋入艾佛夏懷中。

「我爸失蹤後，我把這件事告訴小時，小時就說，那我們就幫爸爸存錢，等錢存夠了，爸爸就會回到我們身邊了。」

艾佛夏感覺到方逢源的顫抖，他猶豫片刻，手撫上方逢源的背，像母親安慰孩子般輕拍著。

「但那時候我們年紀還小，賺不了什麼錢。小時拚了命地學插畫，我開了IG和斗內網站，滿十六歲以後，就開始做各種打工。我們把賺到的每一筆錢，都匯進我爸的帳戶。但這六年多過去，我爸還是一點消息也沒有。」

方逢源深吸著氣、調整呼吸。

「其實我和小時心裡都清楚，我爸不會回來了，就算匯再多的錢也沒有用。但我們還是沒辦法停止，也沒人說破這件事。因為一旦停止了，就等於承認我爸永遠消失的事實。但夏哥，我實在……」

方逢源仰起脖子，彷彿再自然不過，艾佛夏那張豔容湊近他，低下首。

兩人的唇吻在一塊，先是試探似地輕觸片刻，而後往裡深入。

艾佛夏像那日在大雨裡一樣，大掌箍住他的後腦，但這回方逢源伸高了手，攬住他的脖頸。兩人吻了又吻、難分難捨，吻到方逢源胸膛起伏，腿都軟了，被艾佛夏壓倒在長石階梯上，兀自沒有分開。

兩人的長髮交織在一塊，裙裝也相疊著，艾佛夏赤裸的長腿，纏在方逢源白皙的細足上，這景象讓不少路人掩唇私語，卻又禁不住為美人交頸的畫面佇足。

「……但我實在、好想他。」

儘管方逢源極力忍耐，但艾佛夏的唇瓣是如此溫暖，流淌進他的心口，讓他一下子破了防。

「我好想我爸，真的好想他，一次也好，我想再見見他，無論他變成什麼樣子都行，穿女裝也好、穿男裝也罷。我想告訴他，他是可以被愛的。我想告訴他，我跟我媽不一樣，無論他變成怎麼樣，我都會愛他，就像他愛我們一樣……」

男孩在男人懷裡啜泣著，哭到聲嘶力竭。

直到男人撫住男孩的頭，反覆輕語著。

「會的，他知道的。他知道你愛他，也一定有人會需要他、喜歡他、愛他……

「……就像有人會愛你一樣，小圓。」

眼前是夜店的棚拍景，兩名男演員正坐在吧臺旁，其中一名演員西裝筆挺、戴著銀框眼鏡，一副霸道總裁派頭。

而另一名男演員身著黑色夜店風高衩亮片長裙，削肩的斜一字領襯托出男演員性感的鎖骨肩線。他身材高䠷而纖瘦，左手戴著高雅的水鑽手環，右手小指上還戴著黑耀石的裸戒，襯得演員的肌膚光透細緻。

他化著明豔的夜店濃妝，頭髮高高盤在腦後，脣色豔紅、眉眼帶紫，腳上則是綴著亮片的低跟鞋。不管從哪個角度看，都是不折不扣的夜店咖女王。

徐安東飾演的白樂光瞪大了眼，凝視著那張陌生又熟悉的臉，試探地問道。

「秋實……？」

艾佛夏從喉底發出一聲慵懶的笑，蹺起紗裙下的大長腿。

「我說是誰，這不是我們白大總管嗎？」

徐安東有幾分真實的動搖，「怎麼穿成這副模樣……你喝醉了？」

艾佛夏用塗了紫色指甲油的手拎起酒杯，在指間晃了晃。

「醉了嗎？是啊，我可能真的醉了吧……」

艾佛夏從吧臺椅上起身，踏著微顛的步伐，走到徐安東身側。儘管實際上並沒喝酒，但徐安東竟恍惚從他微啟的脣齒間，感覺到酒氣。

這讓徐安東有一瞬間失神，差點忘記後面的臺詞，「你傳訊息說要我過來這裡，要我來接你，但你……」

徐安東驀地頓住臺詞。

本來後面還有一句『你什麼時候也知道撒嬌了？』但徐安東卻沒能說完，因為艾佛夏忽然一屁股坐到他大腿上，雙手摟住他脖頸，近距離低笑了聲。那張濃妝豔抹的臉驀然湊近，堵住了他的脣。

攝影區一片安靜，連在看DIT的助導都張大了嘴巴。

艾佛夏吻得忘情，他體格本來比徐安東要壯上一些，但拜這些日子來減重之賜，徐安東竟覺得懷裡男人輕盈萬分。

他用手遮著唇，也分不清是演技還是現實，用震驚的目光望著眼前魅態橫生的艾佛夏。

「不是要帶我回家嗎，樂光？那就快點吧，夜晚，可沒有你想像得那麼長啊……」

「Cut! OK!」朱晶晶的嗓音傳進眾人耳裡。

棚內的人瞬間解了大氣。艾佛夏一聽到朱晶晶喊卡，立即跳下徐安東的大腿，以螃蟹姿快步走到椅上癱坐。

「啊！痛痛痛，跟鞋果然還是很痛啊！無論穿幾次還是無法習慣。朱老師，如果沒拍到腳的話，我可以脫著鞋演嗎？我怕我會管不住我的表情啊！」

朱晶晶坐在帆布椅上，玩味似地撫著下巴。

「真是令人驚訝。」朱晶晶說著：「……你真是令人驚訝，艾莫。」

徐安東還坐在布景吧臺旁，他用指尖撫著剛被吻過的唇，出神了好一會兒，才走回椅上坐下。

「我確認一下，你們兩個，應該沒在一起吧？」朱晶晶問。

徐安東尚未答話，艾佛夏已伸手攬住他的肩膀。

「老師猜猜看呢？我們可是有遵照您的指示好好培養感情，昨天Anthony還到我家裡住呢！我們一起度過了美好的一晚。」

這話說得周圍的女性工作人員都笑起來，只有徐安東沒笑。

朱晶晶虛踹了艾佛夏一腳，隨即正色說：「第一集上檔日期已經定了，就在年末的十二月二十四日，宣傳影片也已經預備上架了。」

「耶誕夜嗎，這麼浪漫？」艾佛夏笑問。

「屆時第二集應該已經拍攝完成，放映前會有一系列的宣傳活動，你們要有心理準備，今年你們可沒有耶誕假期了。」

# 這麼可愛一定是男孩子

午休時分，朱導演被製片拉去談事情，工作人員也放飯去了，今天安古蘭替所有棚內人員叫了SUBWAY。

徐安東坐在艾佛夏身邊用餐，為了維繫體重，徐安東每天給艾佛夏量身製作減重餐。雖然艾佛夏說不必，讓韓茂山張羅就行，但徐安東很堅持，艾佛夏也只能接受他的好意，認命啃著只有兩片火腿的三明治搭蒟蒻飲。

生不逢源：試裝的情況還好嗎？

艾佛夏看了眼手機，唇角頓時揚起。

艾莫能助：不是有傳了照片過去？

生不逢源：我在考期中考，不方便打開來看，要是被同學看到就麻煩了。

所以一切OK？

艾莫能助：你在關心我嗎，小圓？

生不逢源：……我好歹是你女裝師傅，總是要關心成品。

艾佛夏樂不可抑，但礙於徐安東還在旁邊，不便過於痴漢，只能咬兩口三明治遮掩。

艾莫能助：對了，我耶誕節可能不能陪你了，要跑宣傳。

生不逢源：……我沒說要你陪。

我耶誕節很忙，不需要人陪，何況你又不是我的誰。

（震驚貼圖）

艾莫能助：我不是你男朋友嗎？

（流汗貼圖）

生不逢源：我們什麼時候交往了？

艾莫能助：我們上床過、舌吻過，還吻了兩次，互報了身家，也確認過彼此的心意，還一塊出門約會過。

這在世人的定義裡，就是「交往」了不是嗎？

「你談戀愛了嗎……？」徐安東的聲音忽然傳進耳裡。

艾佛夏這才驚覺自己在傻笑，唇角都咧到了頰上，忙自主進行表情管理。

「為什麼這麼問？」他把手機藏到身後。

「因為你看起來就是那樣子。」徐安東苦笑了下，「我好歹也是跟你對戲的人，還是這種談感情的戲，我沒有那麼遲鈍。」

「……如果我真的戀愛了，你怎麼想？」他試探著問。

徐安東淡淡說：「也沒什麼，只是覺得你還真快就走出來了。」

「走出來？」

「就是其恩姊的事，我本來以為經歷這些，會需要療傷一陣子，至少無法這麼快就重新相信女人，但看來你比我想的堅強得多了。」

艾佛夏沉默了下，「如果說跟我談感情的，不是女人呢？」

徐安東一時凝滯，「不是女人……？」

艾佛夏笑笑。

「有必要這麼驚訝嗎？我不都跟全國公開我是gay的事了，你該不會跟那些無腦鄉民一樣，以為我是為了宣傳，才故意說自己是同性戀吧？」

徐安東依然沒回神，「……但你說過，你對男人硬不起來。」

艾佛夏愣了愣，「我說過嗎？什麼時候？」

徐安東抿著唇沒說話，艾佛夏思索了下，才笑說：「就算有，那也是很久以前的事了吧？巴黎那時的我你又不是不知道，荒唐得要命，喝了酒連自己是誰都不記得，更遑論自己喜歡男的女的。」

徐安東仍然沒說話。艾佛夏感覺到氣氛有點尷尬，想起朱晶晶提過，是徐安東提議找他演這齣戲的事，便主動找話題。

「Anthony，我問你喔，當初你為什麼……」

但艾佛夏一句話未完，徐安東已站了起來。

「……抱歉，讓我一個人靜一靜。」

他說著，竟就這樣離開了休息室，留下一臉呆愣的艾佛夏。

——《這麼可愛一定是男孩子・上》完

高寶書版集團
gobooks.com.tw

**FH074**

**這麼可愛一定是男孩子（上）**

作　　者　吐維
繪　　者　Eli Lin依萊
美術設計　莓果雪酪
編　　輯　薛怡冠
校　　對　賴芯葳
排　　版　彭立瑋
企　　劃　方慧娟

發 行 人　朱凱蕾
出　　版　朧月書版股份有限公司
　　　　　Hazy Moon Publishing Co., Ltd
地　　址　臺北市內湖區洲子街88號3樓
網　　址　www.gobooks.com.tw
電　　話　(02) 27992788
電　　郵　readers@gobooks.com.tw（讀者服務部）
傳　　真　出版部　(02) 27990909　行銷部 (02) 27993088
郵政劃撥　19394552
戶　　名　英屬維京群島商高寶國際有限公司台灣分公司
發　　行　英屬維京群島商高寶國際有限公司台灣分公司
初版日期　2023年8月

國家圖書館出版品預行編目(CIP)資料

這麼可愛一定是男孩子 / 吐維著.-- 初版. -- 臺北市：朧月書版股份有限公司出版：英屬維京群島商高寶國際有限公司臺灣分公司發行, 2023.08-
面；　公分. --

ISBN 978-626-7201-82-4 ( 上冊：平裝 ). --
ISBN 978-626-7201-83-1 ( 下冊：平裝 )

863.57　　112008395

ALL RIGHTS RESERVED
凡本著作任何圖片、文字及其他內容，未經本公司同意授權者，均不得擅自重製、仿製或以其他方法加以侵害，如一經查獲，必定追究到底，絕不寬貸。
版權所有　翻印必究

朧月書版

朧月書版